CB070075

Copyright © 2013 Lourenço Cazarré
Copyright desta edição © 2019 Editora Yellowfante

EDIÇÃO GERAL
Sonia Junqueira

ILUSTRAÇÕES
Negreiros

PROJETO GRÁFICO E DIAGRAMAÇÃO
Christiane Costa

REVISÃO
Eduardo Soares

Todos os direitos reservados pela Editora Yellowfante.
Nenhuma parte desta publicação poderá ser reproduzida,
seja por meios mecânicos, eletrônicos, seja via cópia
xerográfica, sem a autorização prévia da Editora.

Dados Internacionais de Catalogação na Publicação (CIP)
(Câmara Brasileira do Livro, SP, Brasil)

Cazarré, Lourenço
  A fabulosa morte do professor de Português / Lourenço Cazarré ;
ilustrações Negreiros. -- 3. ed. ; 4. reimp. -- Belo Horizonte : Yellowfante,
2024.

  ISBN 978-85-513-0696-3

  1. Ficção - Literatura juvenil I. Negreiros. II. Título.

19-30309   CDD-028.5

Índice para catálogo sistemático:
  1. Ficção : Literatura juvenil 028.5
Iolanda Rodrigues Biode - Bibliotecária - CRB-8/10014

A **YELLOWFANTE** É UMA EDITORA DO **GRUPO AUTÊNTICA**

Belo Horizonte
Rua Carlos Turner, 420
Silveira . 31140-520
Belo Horizonte . MG
Tel.: (55 31) 3465 4500

São Paulo
Av. Paulista, 2.073 . Conjunto Nacional
Horsa I . Sala 309 . Bela Vista
01311-940 . São Paulo . SP
Tel.: (55 11) 3034 4468

www.editorayellowfante.com.br
SAC: atendimentoleitor@grupoautentica.com.br

A FABULOSA MORTE DO PROFESSOR DE PORTUGUÊS

LOURENÇO CAZARRÉ

ILUSTRAÇÕES NEGREIROS

3ª edição
4ª reimpressão

Yellowfante

Este livro foi escrito a partir de uma sugestão do meu tocaio e conterrâneo Lourenço Flores, jornalista, livreiro e la... leitor!

Para ele é dedicado.

SUMÁRIO

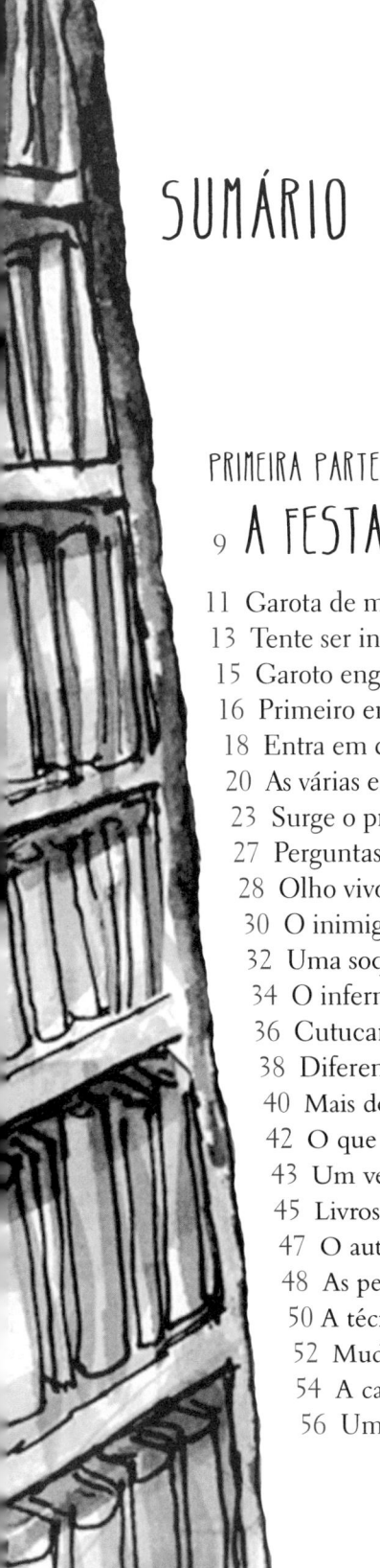

PRIMEIRA PARTE
9 A FESTA

11 Garota de mau humor
13 Tente ser invisível
15 Garoto engraçadinho e convencido
16 Primeiro encontro com o Tédio
18 Entra em cena o livreiro Laurentino
20 As várias escolas da poesia
23 Surge o professor de Português
27 Perguntas em alta velocidade
28 Olho vivo com o velho!
30 O inimigo número um da cultura
32 Uma soqueira e uma ameaça
34 O inferno inventado pelo poeta
36 Cutucando a onça com vara curta
38 Diferença entre tachar e taxar
40 Mais do que bom humor
42 O que é dissimulação?
43 Um verdadeiro manual de cacofonia
45 Livros não são carteiros
47 O autor mais indicado para a garotada
48 As pessoas leem por prazer
50 A técnica do engano permanente
52 Mudar de calçada salvará sua vida
54 A caça ao tesouro e a aposta
56 Um conselho gratuito

SEGUNDA PARTE
57 O INTERROGATÓRIO

  59 Não seria um rato de biblioteca?
  60 Morte altamente poética
  62 Conta velha não se paga
  64 Asneiras e obras-primas
  65 Aparece o representante da justiça
  67 Um falso acesso de tosse
  69 A quem pertence a mão assassina?
  71 Uma pessoa louca de desalmada
  72 Ajuda pesada para desvendar o crime
  73 Vítima do acaso e do descaso
  75 Uma bomba atômica na livraria
  77 O mais completo estoque de algemas
  79 A maldade máxima de um escritor
  80 Homenagem à inteligência
  81 O problema é o que está dentro
  82 Quem não o odiava não gostava dele
  84 Disfarçado para matar
  85 Desconfie dos que parecem inocentes
  86 O veneno era muito caro
  88 Um fato raro na história policial
  89 Ninguém respeita os homens públicos
  91 Não passou vendedor de água mineral
  92 A culpa é da estante
  93 Algemas para um centauro
  94 Trauma de redação
  96 Confissão e corrida ao banheiro
  97 Preso principalmente pelo palavrão
  99 Habilidade manual e agilidade mental
101 Um furo de reportagem
102 Perseguição filmada
103 O livro de capa verde
104 As rosas não arranham a gramática
105 Explicações finais

PRIMEIRA PARTE

A FESTA

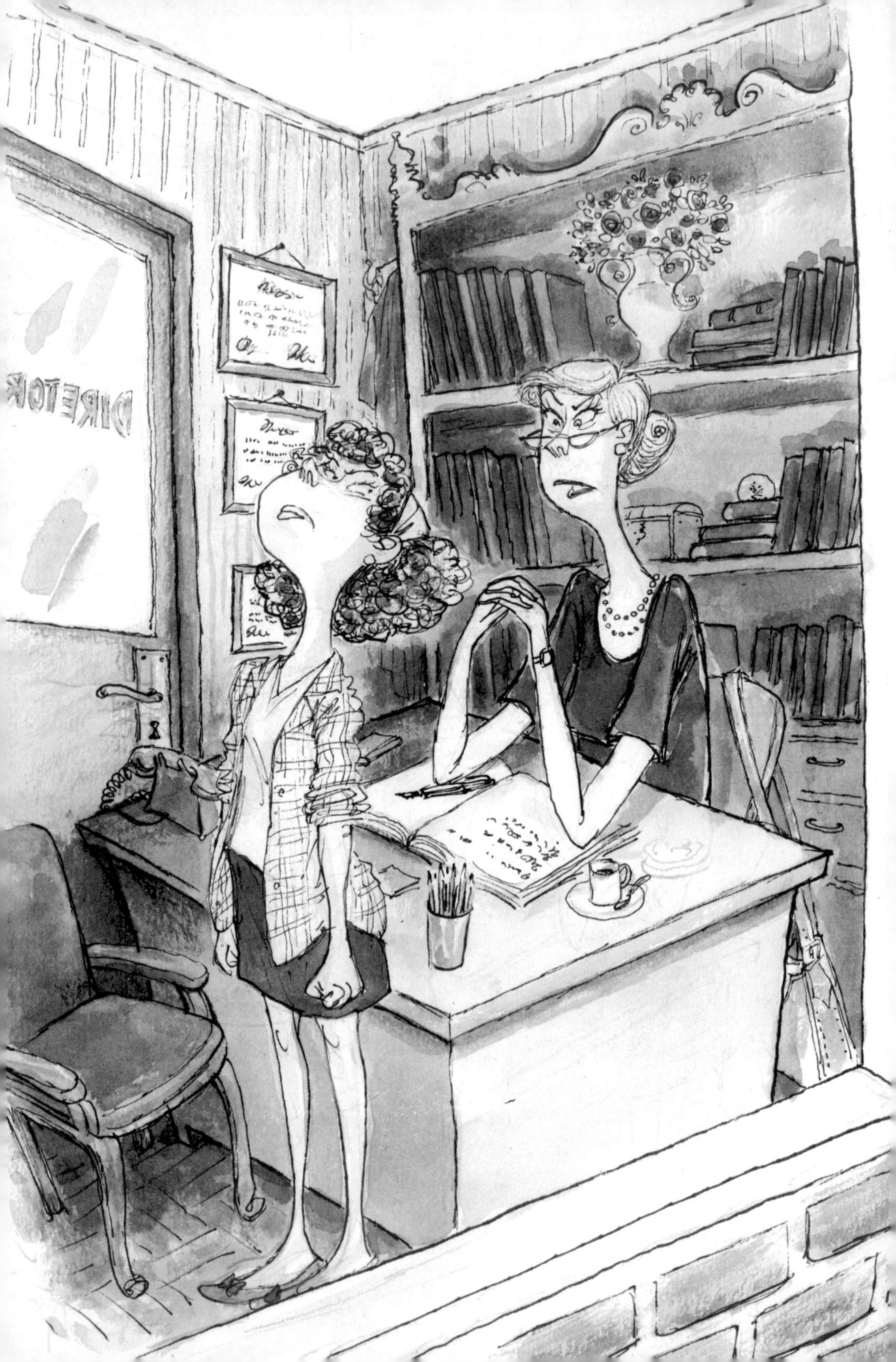
DIRETOR

GAROTA DE MAU HUMOR

No final da manhã daquela sexta-feira, 13 de agosto, fui chamada à sala da diretora.

Fiquei intrigada. Eu não havia feito nada de muito errado nos últimos tempos. E andava tentando falar cada vez menos em sala, como me pediam os professores.

Dona Fátima me recebeu sorridente:

– Chegou sua chance de provar que poderá ser uma boa jornalista, Mariana.

– Mas eu não quero ser jornalista! – reagi. – Vou ser arquiteta.

– Você esqueceu que foi escolhida editora do jornal da escola?

Para falar sinceramente, eu nem lembrava mais da votação, realizada dias antes. E estava de mau humor:

– Fui eleita contra a minha vontade.

A diretora caminhou até a ampla janela que dava para a rua que passava na frente da escola e de lá me disse:

– A nossa tradição é eleger para o jornal os alunos que escrevem as melhores redações.

Senti que devia bancar a modesta:

– Nem sei escrever lá muito bem.

– Como não sabe? Você herdou o talento do seu pai, que é um ótimo jornalista.

– Meu pai diz que um jornalista só precisa dominar meia dúzia de frases feitas pra escrever qualquer reportagem.

– É brincadeira dele, que é um homem inteligente.

Enquanto dona Fátima, pensativa, se interessava por alguma coisa na rua, eu a observava. Era uma senhora muito elegante, alta e magra, que usava sempre vestidos discretos, azuis ou pretos, enfeitados por belos colares de pérolas.

A diretora da escola voltou-se para mim, sorrindo de novo, e apontou para trás com o polegar levantado:

– Hoje à tardinha, vai ser inaugurada uma grande livraria naquele prédio da esquina. Resolvi que o jornal da escola fará uma reportagem sobre a festa. Ouvi falar que os maiores intelectuais da cidade foram convidados.

Naquele dia eu realmente estava a fim de encrenca:

– Festas de intelectuais são chatíssimas.

Espantada, ela cravou as mãos na cintura fina:

– Como você sabe disso, Mariana? – o sorriso dela se tornou brincalhão. – Por acaso, você frequenta festas de intelectuais?

– Sim. Minha mãe é professora de filosofia. Todo mês, ela reúne uns intelectuais lá em casa. Filósofos, escritores e artistas. São todos uns chatos. Quando eu vou servi-los, eles avançam sobre a bandeja de salgadinhos e quase me derrubam. Passam o tempo todo se exibindo, gritando em voz alta os títulos dos livros que leram.

– É normal, Mariana, que uma pessoa se orgulhe de ler livros importantes.

– Papai diz que eles só leem as orelhas dos livros.

Naquele momento, compreendendo por fim que eu estava de má vontade, a diretora recolheu o sorriso e sentou. Quando voltou a falar, sua voz saiu fria:

– Faremos uma grande reportagem contando tudo sobre a inauguração da livraria. Como os principais professores e escritores da cidade estarão na festa, vocês vão recolher algumas frases inteligentes deles pra publicar no nosso jornalzinho...

– Vocês quem? – eu a interrompi.

– Vocês dois, ora! Você e o Teodoro, da oitava série. Não lembra que ele foi escolhido pra ser o repórter?

Eu sabia que um garoto fora eleito junto comigo, mas não guardara o nome dele.

– Teodoro? Não sei quem é.

Dona Fátima enterrou os cotovelos na mesa, baixou a cabeça e ergueu as sobrancelhas. Sua paciência comigo tinha se acabado. Observando-me por cima da armação dos óculos, ela disse:

– Saberá quando o encontrar. É um garoto *muito* conhecido na escola.

Depois, estendeu um papelzinho para mim:

– Aí está o telefone dele.

Ainda tentei um último golpe:

– Não me sinto emocionalmente preparada pra escrever uma reportagem tão importante.

– Esqueça as emoções, Mariana. Uma reportagem se escreve com o cérebro. E você é uma menina inteligente. Saberá o que fazer.

– E se eu não quiser fazer a reportagem?

Dona Fátima se levantou, foi até a janela e olhou para a rua por muito tempo. Percebi que lutava para se controlar, ou seja, para não me mandar plantar batatas. Voltou à cadeira, sentou-se e tamborilou longamente com as unhas no tampo da mesa:

– Você fará a reportagem porque é sua obrigação. Você foi eleita sem direito a renunciar. Portanto, às cinco horas, você e Teodoro estarão na livraria pra registrar tudo o que acontecer de interessante. Tentem retratar com perfeição a livraria e o livreiro, porque, a partir de amanhã, nossos professores e alunos passarão a comprar seus livros ali.

TENTE SER INVISÍVEL

Naquele dia, por acaso, o pai estava em casa para o almoço.

– Que cara é essa, minha filha? Viu um vampiro desdentado?

– Pior que isso. Vou ter de fazer uma reportagem pro jornal da escola.

– Tragédias maiores podem ocorrer na vida de uma jovem – disse ele. – Ganhar uma espinha na ponta do nariz, por exemplo.

– Pare de falar nojeiras, Eduardo! – estrilou a mãe. – Estamos à mesa.

Depois de apanhar um pedaço de pão, o pai me perguntou:
– Que tipo de reportagem você vai fazer, Mariana?
– Inauguração de uma livraria...

O pai sacudiu a cabeça:
– As pessoas gostam mais de ler fofocas nos jornais: quem famoso tá namorando o famoso quem... Vai ter gente famosa na tal livraria?

– Escritores, poetas...

– Não, não! Eu falo de gente famosa mesmo: cantores ou jogadores de futebol.

– Acho que não.

– Então sua missão será dura, Mariana. Hoje em dia, as pessoas não gostam de ler, porque têm de ficar paradas num lugar, quietas, em silêncio. Preferem andar de um lado a outro, quase sempre ouvindo uma música idiota...

– Eduardo, em vez de fazer discurso contra a música você não poderia ajudar a Mariana?

O pai levantou o rosto do prato e encarou a mãe por um segundo. Reconhecendo que ela tinha razão, voltou-se para mim e disse em voz baixa:

– Vou dar a você uns conselhos práticos, Mariana. Primeiro: não mostre o gravador. Quando veem um gravador, os entrevistados se preocupam mais com a beleza das suas palavras do que com a verdade...

– Mariana, pegue um papel e uma caneta – disse a mãe, sorrindo. – E anote as dicas do seu pai.

Peguei um guardanapo e apanhei uma caneta na pasta que estava ao meu lado.

– Seja discreta – continuou o pai. – Tente ser invisível pra poder anotar tudo sem que as pessoas percebam que você é repórter. Não faça como a maioria dos jornalistas, que se acham mais importantes do que seus entrevistados...

– Pai, eu também tô preocupada com o depois... Será que vou saber escrever a reportagem?

– Saberá. Escreva só frases diretas: sujeito, verbo e predicado. Não use mais de duas vírgulas por frase. E não faça cambalhotas estilísticas... O bom jornalista aprende a escrever lendo os bons autores...

– Mas eu não penso em ser jornalista, pai!

– Então leia pra aprender a pensar melhor... E, agora, vamos ao feijão com arroz.

GAROTO ENGRAÇADINHO E CONVENCIDO

A primeira coisa que fiz depois do almoço foi telefonar:

– Teodoro?

– Talvez – respondeu uma voz rouca.

– Teodoro Inácio de Oliveira é você?

– Não sei bem. Hoje estou em crise de identidade.

Como o cara estava tentando me zoar, reagi com irritação:

– Não se faça de bobo! Aqui é a Mariana, editora do jornal da escola. Dona Fátima nos mandou fazer uma reportagem sobre a inauguração daquela livraria nova, lá perto do colégio.

– Mas o que é que eu tenho a ver com isso?

– Tudo. Você não lembra que foi eleito repórter do jornal?

– Não. As passagens tristes da minha vida eu esqueço depressa.

– Mas você foi o mais votado!

– Foi manobra dos meus inimigos.
– Quem são seus inimigos?
– Praticamente todos os garotos da escola. Eles me odeiam.
– Por quê?
– Porque as namoradas deles vivem se apaixonando por mim.

Eu estava odiando aquela conversa. Além de metido a engraçadinho, o sujeito era convencido:

– Deixe de ser folgado! As garotas bobas são minoria. A maioria gosta de garotos bonitos e educados. O que não deve ser o seu caso.

– Você conhece o Leonardo DiCaprio? Perto de mim, ele é um canhão.

Como aquele garoto estava me irritando tanto quanto eu havia irritado dona Fátima, levantei a voz:

– Chega de papo furado! Às cinco da tarde, na porta da livraria.

– Não, eu não vou! Diga pra dona Fátima que sofri um enfarte.

– Está bem! Fique em casa brincando com seus joguinhos idiotas de computador.

Desliguei o telefone.

PRIMEIRO ENCONTRO COM O TÉDIO

Pouco antes das cinco, na livraria, dei de cara com o tal Teodoro.

Ao contrário do que havia dito para a diretora, eu conhecia aquela figura, mas só de vista. Seguidamente, eu o via na hora do recreio se pavoneando pelo pátio, com um sorrisinho debochado no canto da boca. Não sabia o nome dele porque na escola ele era conhecido apenas pelo apelido: Tédio.

Como dizia a diretora, ele era *muito* conhecido. Principalmente entre as garotas mais bobinhas, as da quinta série, por exemplo. Não se podia dizer que era bonito, isso não; mas não era feio. É difícil explicar. Digamos que era um feio charmoso, alto e forte.

– Mariana – estendi a mão para ele.

– Teodoro, seu escravo.

– Você é do tipo que se acha espertinho?

– Os gênios nunca são compreendidos na sua época.

– Já lhe disseram que você é convencido?

– Nunca, jamais! – disse ele, encostando-se à parede, com os braços cruzados diante do peito.

De repente, com medo de que as pessoas que se amontoavam diante da porta da livraria pensassem que nós éramos namorados, eu disse:

– Vamos nos juntar aos outros?

– Não posso. Estou escorando o prédio. Se me afasto, o edifício cai sobre esses belíssimos seres humanos.

Sem dar bola para aquela resposta, me dirigi à porta da livraria, que estava sendo aberta naquele momento. Ao botar o pé dentro do prédio, notei que Tédio já estava do meu lado.

Devíamos formar uma dupla estranha. Naquela época, aos catorze anos, estudante da sétima série, eu media pouco mais do que um metro e meio de altura, enquanto Tédio já passava do metro e noventa.

Modéstia à parte, eu era uma garota bem bonitinha. Poderia ser bem mais magra, claro, mas eu gostava demais de doces e refrigerantes. Esquecendo o rosto, que era mais arredondado, eu já tinha o nariz arrebitado, os mesmos olhos grandes e tristonhos, a boca bem desenhada e a cabeleira encaracolada. Já naquela época eu me achava maravilhosa.

– Nunca vi tanta gente feia junto! – disse Tédio. – Será que vai ter aqui um concurso de feiura?

– São professores, poetas e escritores – expliquei. – Intelectuais.

– Entendo. É gente que não gosta de trabalho pesado.

– Escrever é um trabalho doido de pesado – eu disse. – Sei disso porque meu pai é jornalista.

– Duro mesmo é vender seguro de vida – ele retrucou. – Meu pai é corretor. Ele precisa convencer as pessoas a comprar uma mercadoria que jamais receberão em vida.

ENTRA EM CENA O LIVREIRO LAURENTINO

Quando passamos por perto do balcão, um homem loiro, de estatura média, gorducho, usando uns óculos de lentes grossas, saiu do compartimento do caixa e, de braços abertos, avançou para Tédio:

– Por onde andas, guri? Faz meses que não te vejo. Abandonaste o hábito de roubar livros?

– O senhor deve estar me confundindo com alguém – disse meu colega, sério, olhando ao redor.

– Estou te confundindo contigo mesmo! – o homem abriu um sorriso irônico. – Nenhum guri da tua idade já é um galalau desse tamanho. E nenhum outro tem uma cara de pau tão lustrosa quanto a tua.

Depois de sacudir Tédio num abraço muito forte, que mais parecia um golpe de sumô, o livreiro foi cumprimentar outras pessoas.

Imaginando que meu colega estivesse constrangido por ter sido acusado na minha frente de afanar livros, resolvi puxar assunto:

– Quem é esse cara?

– É Laurentino Floresta, o dono da livraria. A loja anterior dele ficava perto da minha casa.

– Ele deve ter estragado os olhos de tanto ler – comentei. – Você viu a grossura das lentes?

– Vi. São lentes falsas. Ele se finge de míope.

Achei que Tédio dizia aquilo por estar magoado com o livreiro.

– Mas o sujeito tem cara de quem lê muito – comentei.

– Só leu um livro inteiro: *Um certo Capitão Rodrigo*, de Érico Veríssimo. Ele diz que, comparado ao Capitão Rodrigo, Dom Quixote de La Mancha é um personagem sem graça.

– Credo!

— Ele era jornalista – continuou Tédio. – Diz que abandonou a profissão pra ficar mais perto dos livros, que adora. Mas não é verdade. Foi expulso pela Comissão de Ética do Sindicato dos Jornalistas. Em dois anos de profissão, sofreu dez processos por calúnia e difamação.

— Tanto assim?

— O bicho é fofoqueiro que dói! Passa o dia falando mal dos seus clientes. Sabe quem odeia quem. Assim, leva uma fofoca e traz outra de volta. Quando chega um cliente que não odeia ninguém nem é muito odiado, ele inventa uma fofoca na hora.

Como podia aquele garoto falar tão mal de um homem que o havia abraçado com tanto entusiasmo? Meio contrariada, comentei:

— Ele não é uma pessoa rancorosa. Abraçou você, apesar de tudo.

— Eu não roubava! – reagiu ele. – Por engano, posso ter levado um ou outro livro sem pagar. Ele, sim, é gatuno. Rouba todo tipo de cliente, fofoqueiro ou não.

AS VÁRIAS ESCOLAS DA POESIA

Com uma agilidade surpreendente, o livreiro deu um pulo para cima do balcão e dali, de pé, com a cabeça quase roçando o teto, gritou:

— Declaro inaugurada a Esquina das Palavras, a melhor livraria da cidade!

— O livreiro tá muito feliz – comentei.

— Quer é começar a vender logo – disse Tédio. – É louco por dinheiro.

A partir daquele momento, começaram a surgir garçons com bandejas de salgadinhos e bebidas. Pareciam brotar das estantes, mas a verdade é que saíam de uma sala nos fundos da livraria. Mal davam alguns passos no salão, eram assaltados pelos clientes. As bandejas eram esvaziadas num instante.

– Esse povo parece morto de fome – comentei.

– Alguns estão mesmo – concordou Tédio. – Tem gente aí que parou de comer desde quando saiu a notícia da inauguração da livraria. Querem se vingar do Laurentino.

Depois de descer do balcão, o livreiro se dirigiu a um canto do salão onde estava armado um pequeno palco. Lá, pegou o microfone e anunciou:

– E agora vai começar a declamação de poemas. Com vocês, o poeta Arno Aldo Arnaldo.

Um homem pálido, dono de uma grande barriga e de uma barba negra que lhe ocupava metade do peito, subiu ao tablado e agarrou o microfone. Eu o conhecia, mas por outro nome: Aldrovando. Era professor de Geografia na nossa escola. Considerado muito inteligente, gostava demais de usar palavras estranhas, incomuns, durante suas aulas.

Professor Aldrovando, quero dizer, o poeta Arno Aldo Arnaldo encheu o peito de ar e declamou:

Pobre pedra
Medra podre
Sobre pobre
catre preto
enquanto
álacre abutre
atroa uma trova
e trava o breu.

Quando Laurentino, vindo do estrado, passava por nós, Tédio o puxou pelo braço e quis saber:

— Desde quando o senhor gosta de poesia?

— Desde nunca. Odeio.

— Então, por que armou o palco pros poetas?

— Simples. A declamação vai ser tão chata que logo espantará os malandros...

— Quem é malandro pro senhor? — perguntei.

Cara fechada, Laurentino me encarou por um momento antes de responder:

— Malandro é quem veio só pelos salgadinhos e bebidas. E tu, o que fazes aqui?

Apontei para o meu colega e disse:

— Somos do jornal do Colégio Brasil. Viemos fazer uma reportagem sobre a inauguração.

Laurentino abriu um enorme sorriso que lhe apequenou ainda mais os olhos e arreganhou-lhe as gengivas:

— Bah, que maravilha! Oh, eu amo os jornalistas jovens, porque ainda não aprenderam a mentir.

— A diretora nos obrigou a vir — eu disse, para que ele soubesse que não estávamos ali por livre e espontânea vontade.

Tédio ergueu o braço e apontou para o palco, onde um segundo poeta se acomodava diante do microfone, e perguntou ao livreiro:

— A declamação vai demorar?

— Muito. Hoje se exibirão aqui poetas de várias escolas...

— O professor Aldrovando tá representando a nossa escola? — perguntei.

— Não, minha tolinha — disse o livreiro, rindo. — Refiro-me às escolas poéticas. Temos aqui poetas da escola romântica, que só declamam sobre o amor. Já os poetas revolucionários só falam de guerras e de fuzilamentos...

— E o professor Aldrovando a que escola pertence? — indaguei.

— Ele faz parte dos vanguardistas, que escrevem poemas que ninguém consegue compreender.

SURGE O PROFESSOR DE PORTUGUÊS

O certo é que o recital funcionou. A gritaria poética espantou muita gente. Era realmente difícil beber e mastigar com aqueles sujeitos berrando ao microfone um palavrório pesado. Às seis horas metade dos convidados havia sumido.

— Vamos dar um passeio pela livraria? – convidei.

— Boa ideia! – disse Tédio. – Se ficar parado, eu chego logo ao vigésimo quibe.

Concordei com um gesto de cabeça. Eu estava impressionada com a grandeza do apetite dele.

Bem, a livraria funcionava em três andares. No térreo ficavam expostos os livros de cultura geral; no subsolo eram exibidas as obras de ficção; e na sobreloja ficavam os livros usados.

Quando chegamos ao centro do salão principal, no térreo, vimos pela primeira vez Severino Severo, o mais conhecido professor de Português da nossa escola e da cidade. Cercado por diversas pessoas, ele falava em voz alta e era escutado com atenção.

Com quase oitenta anos, magro como uma bicicleta, ele estava vestido, como sempre, de preto da cabeça aos pés: terno, camisa e sapatos pretos. Apenas sua gravata, do tipo borboleta, era branca. No alto da cabeça, exibia uma cerrada cabeleira branca, espetada, que lembrava as cerdas de um pincel gigantesco. Na pontinha do queixo, ele mantinha uma centena de fiapos brancos igualmente eriçados.

Professor há sessenta anos, Severino Severo lecionara em quase todas as escolas da cidade e em todas elas ganhara fama de durão. Todo mestre exigente acaba ficando com essa fama. Ele, porém, ia muito além do rigor necessário. Fazia provas complicadíssimas, que punham em pânico seus jovens alunos. Para ele, não bastava simplesmente ser respeitado ou admirado pelos estudantes. Queria ser temido. Eu sabia de tudo isso porque havia tido o desprazer de ser aluna dele no ano anterior.

No exato momento em que nos aproximamos, o professor dizia:

– Sofro muito quando tenho que dar nota acima de seis a um aluno meu. Gosto mesmo é de ficar por ali, entre cinco e três, mas descendo de vez em quando até um zerinho.

Todo início de ano, quando descobriam que teriam aulas com Severino Severo, muitos estudantes pensavam logo em mudar de escola. Ou de cidade. Ou de país.

Se os alunos o temiam, os poetas e escritores da cidade entravam em estado de choque só de ouvir o nome dele. Acontece que Severino Severo era também o crítico de literatura do *Correio Popular*, onde escrevia uma coluna semanal intitulada "Fogo Cerrado", na qual atacava todo e qualquer livro lançado na cidade.

– Por que o senhor não tenta simplesmente ser justo?

Quando a pergunta escapou dos lábios de Tédio, os olhos do professor, verdes e pequenos como ervilhas, movimentaram-se rapidamente. E fixaram-se, frios, no meu colega. Confesso que senti um arrepio de medo diante daquele olhar tão duro.

– Que felicidade! – disse Severino Severo, mas seu rosto seco não expressava alegria. Ao contrário, demonstrava contrariedade. – É sempre um prazer rever um aluno tão... marcante. Guardo fortes lembranças de você, meu caro.

Tédio virou-se para mim:

– Vamos pra um lugar mais civilizado, Mariana. Que tal o Zoológico?

Antes, porém, que saíssemos dali, o professor deu dois passos à frente e agarrou Tédio pelo braço:

– Não se vire, Teodoro! Você é o único ser humano que é ainda mais antipático quando está de costas.

Algumas pessoas soltaram uns risinhos desmaiados, mas a maioria permaneceu em silêncio. Estavam constrangidas com aquela cena, mas não gostariam de desagradar o velho. Pretendiam escrever livros.

– Encaro como elogio tudo que o senhor disser contra mim – meu colega tentou livrar-se com um safanão, mas não conseguiu. O professor era famoso por ter muita força nos braços descarnados.

– Antes de você perturbar nossa conversa eu falava de um grande autor chamado Guimarães Rosa – continuou Severino Severo. – Mas é provável que um rapaz sem cultura como você jamais tenha ouvido falar dele...

— Gostosamente as roseanas estórias, guimaprosas, tresli – respondeu Tédio. – Multibelas todas elas encantaram eu, Teodoricoió. Veredas-Sertão: taturanos causos escuitei abobado. Fabulosas fuzilarias. Afã, oió, nonadas.

O grupo que cercava o professor aplaudiu Tédio com entusiasmo.

Naquele tempo eu ainda não havia lido Guimarães Rosa, mas entendi que meu colega havia parodiado com sucesso o modo de escrever do ficcionista mineiro. Depois vim a saber que Tédio era o único aluno da nossa escola que havia lido, duas vezes, o livro *Grande sertão: Veredas*.

Fuzilando meu colega com o olhar, o velhote grunhiu:

— Eu vou lhe fazer uma pergunta sobre o *Grande sertão*. Se você errar, vou botá-lo de castigo ali no canto, olhando pra parede, embelezado por um chapéu com orelhas de burro.

Tédio concordou com um gesto de cabeça:

— Topo. Mas, se eu acertar, o senhor vai ter que dar uma volta na quadra andando de skate.

Aquela resposta fez o professor soltar o braço do garoto, como se tivesse recebido dele uma carga elétrica.

— Suma, moleque! Se você ficar parado mais um instante na minha frente, apertarei seu pescoço até que ele fique reduzido a um fio de macarrão.

Meu colega me puxou pelo braço:

— Vamos respirar ar puro.

Caminhamos até perto de uma janela aberta para a rua, onde perguntei:

— Por que ele ficou tão furioso?

— O velho odeia skate.

— Por quê?

— Você não conhece a história do dia em que ele foi preso por andar de skate?

— Não!

— Então, eu vou lhe contar.

PERGUNTAS EM ALTA VELOCIDADE

Num fim de tarde de domingo, Severino Severo descia apressado a ladeira do Quebra-Perna. Dirigia-se à igreja para assistir à missa das seis. Carregava na mão direita uma garrafa de vinho, que daria de presente ao padre.

Distraído, o professor não viu um estranho objeto no meio da calçada. Mesmo que o tivesse visto, não saberia o que era aquilo nem para que servia. Era um skate.

O dono do skate, um garoto alto e corpulento, estava sentado no meio fio, de costas para a calçada, amarrando os tênis.

No embalo em que vinha, o velhote botou um pé na parte da frente da prancha e o outro, em seguida, na parte de trás.

Quando escutou o ruído das rodinhas em atrito com a calçada, o garotão voltou-se. Ao perceber que um sujeito de roupa preta e cabelo espetado e descolorido, provavelmente um punk, lhe roubava o skate, berrou:

– Pega ladrão!

E saiu correndo a toda, enquanto, na sua frente, o skate ganhava velocidade.

Ao perceber que deslizava sobre uma tábua, Severino Severo concluiu que, logicamente, sob ela devia haver rodinhas. Pensou em saltar, mas, naquela velocidade, certamente se arrebentaria.

O que fazer?

Como aprendera a andar de patinete quando menino, conseguiu um melhor equilíbrio ao abrir os braços.

Como frear aquela coisa?

Não sabia.

Girando em alta velocidade, o cérebro do professor fazia-se perguntas. Para que estudei tanto, se vou morrer de uma forma totalmente ridícula? Se eu morrer, o que farão meus alunos? Contentar-se-ão com estourar uns poucos foguetes ou farão uma grande festa?

Ao fim da ladeira, já em altíssima velocidade, preparou-se para passar desta vida para outra, talvez pior, talvez melhor. Porém, o destino reservava para ele uma surpresa bem mais desagradável.

OLHO VIVO COM O VELHO!

De olhos fechados, o professor não percebeu que o skate seguiu na direção de um jovem casal que discutia aos gritos na calçada.

O rapaz, Beto Jamanta, não era flor de se cheirar. Lutador de judô, mais forte que um pilar de concreto, ele vivia metido em brigas e arruaças. A namorada dele, Rita Fashion, era uma garota belíssima, alta e magra, que pretendia ser modelo internacional. Para alcançar esse objetivo, não comia mais do que três maçãs por dia.

Naquele final de tarde, como ocorria várias vezes ao dia, eles batiam boca. A garota tinha as mãos enterradas na cintura e espichava o nariz, desafiadora, diante da cara de Beto. O rapaz, com a mão levantada por trás da cabeça, parecia pronto para dar um tabefe nela, mas na verdade coçava a nuca. Estavam nessa posição de combate quando chegou o professor.

A dois metros dos brigões, o skate ficou preso numa falha da calçada, mas o velho continuou voando até bater com o cocuruto na ponta do queixo de Beto Jamanta. Os dois foram a nocaute.

No choque do professor contra o solo, a garrafa de vinho explodiu, empapando-lhe o terno.

Num primeiro momento, Rita Fashion teve ganas de estrangular o velhote. Como é que ele se atrevia a atrapalhar uma discussão entre namorados? Uma discussão que, aliás, ela estava ganhando! Porém, ao notar que, caído no chão, o pobre homem sofria com falta de ar, a garota se lembrou de uma aula sobre primeiros-socorros. Resolveu fazer respiração boca a boca nele.

Ajoelhou-se na calçada e tascou seus lábios besuntados de batom bem vermelho nos beiços do professor e começou a soprar.

Nesse exato momento, surgiu o camburão da Polícia Militar. Ouviu-se uma freada brusca e alguns homens saltaram da camionete. O sargento berrou aos soldados:

– Recolham esses três elementos!

Os policiais não tiveram problemas para botar os desmaiados Beto e Severino na parte de trás da camionete. Duro mesmo foi enjaular Rita, que conseguiu arranhar as bochechas de dois deles. O camburão saiu cantando pneus.

Sacudindo mais do que melancias numa carroça, Rita, Beto e o professor foram conduzidos à delegacia de polícia.

– Em que rolo se meteu esse povo, sargento? – perguntou o delegado.

– O caso é simples, doutor. As testemunhas disseram que este velhinho aqui, que é skatista, deu uma cabeçada no queixo do grandalhão. Quase matou o coitado. Depois, tascou um beijo na garota dele.

– O senhor não tem vergonha? – perguntou o delegado. – Na sua idade, metido em briga por causa uma garota!

– Me respeite! – urrou o professor. – Essa menina tem idade pra ser minha neta! Ela estava salvando a minha vida!

– O velho tá bêbado, chefe – disse o sargento. – Deixou o camburão fedendo a vinho.

– Me respeite! Sou abstêmio, professor e colunista de jornal!

O delegado voltou-se para o carcereiro e ordenou:

– Meta os três no xilindró. Mas olho vivo com o velho! Além de bêbado, skatista, brigão e mulherengo, é mentiroso.

O INIMIGO NÚMERO UM DA CULTURA

Quando Tédio concluiu a história do skate, eu mostrei a ele o meu gravador e disse:

— Vamos entrevistar algumas pessoas.

— Certo, mas não precisamos pagar o mico de pedir entrevista. Tem muito jornalista espalhado pela festa. Quando um deles entrevistar alguém, a gente encosta e escuta...

Embora eu não achasse que solicitar uma entrevista fosse pagar mico, concordei com a ideia de pegar carona nas entrevistas feitas pelos repórteres de verdade.

— Onde tem comida de graça sempre aparecem jornalistas – acrescentou Tédio. — Muitos jornalistas. Por exemplo, você está vendo aquele cara parado ao lado do cinegrafista?

Com um movimento de cabeça, respondi que sim.

— É difícil saber qual é o jornalista mais pateta da cidade – disse Tédio. — Mas aquele ali, Marco Bravo, é forte candidato ao título.

Eu conhecia aquele sujeito da tevê, embora não fosse de assistir a noticiários. Ele devia ter uns trinta e poucos anos, era realmente muito bonito e estava bem vestido, mas não gostei do cabelo dele, colado na cabeça com gel. Sorridente, mas visivelmente ansioso, ele olhava ao redor.

— O Marco tá procurando uma vítima – disse Tédio.

Pouco depois vimos o jornalista segurar pelo braço um homem que possuía dois bigodes.

Explico melhor: por baixo do nariz, o sujeito exibia um bigode de uns três centímetros de altura por dez de comprimento. Mais em cima, na base da testa, ele possuía um segundo "bigode", formado pelas duas espessas sobrancelhas, que se juntavam sobre os olhos.

Liguei o gravador e me aproximei.

Olhando fixamente para a câmera, Marco Bravo abriu um sorriso imenso e disse:

– Estamos aqui com Bernardo Bestunto, secretário de Cultura da cidade. Doutor Bestunto, qual é hoje o maior problema da cultura da nossa cidade?

– O nosso maior problema é a coluna "Fogo Cerrado", publicada pelo *Correio Popular*. Severino Severo é inimigo de quem tenta escrever poesia ou ficção nesta cidade. Ele ataca todos os nossos autores.

O secretário de Cultura respirou fundo e continuou, raivoso:

— Severino Severo é um provinciano às avessas. Ou seja, pra ele, tudo o que é produzido na nossa cidade é ruim. Em compensação, ele acha bom tudo que vem de fora. Por isso, quero aqui defender os escritores da nossa cidade. Afinal, porcaria se escreve em todo lugar.

Concluída a entrevista, desliguei o gravador.

— Já temos uma declaração forte – disse Tédio. – Nossa manchete será: Severino Severo é o inimigo número um da literatura.

UMA SOQUEIRA E UMA AMEAÇA

Perto da escada que dava acesso ao subsolo da livraria, um homem muito alto – que falava rapidamente, amontoando uma palavra em cima da outra – discursava para meia dúzia de ouvintes.

— Ligue o gravador – comandou Tédio. – Esse cara é o Manuel Fieira, famoso autor de novelas policiais.

Fiz o que meu colega mandava.

— Desde garoto eu já sonhava em ser escritor – disse o altão. – Mas tive um sério problema aos onze anos. Na quinta série, escrevi a mais bela das minhas redações sobre a primavera, mas recebi nota quatro...

— Credo! – espantou-se alguém. – Quem era seu professor?

Manuel Fieira enrugou a testa e apertou os olhos, como alguém que corta cebolas, e disse:

— Severino Severo. Primeiro ele elogiou muito minha redação, mas depois comentou que ela estava tão boa que devia ter sido copiada de um livro. Eu caí no choro. Naquele momento quase desisti de ser escritor...

A confissão foi cortada por um berro:
– Plagiário!

Eu me voltei e vi Severino Severo ao meu lado, levantado na ponta dos pés, braço estendido, indicador espetado, bochechas vermelhas:
– Se você tivesse provado, na época, que não havia copiado aquela redação, eu lhe teria dado um dez.
– E como eu provaria? Só se eu mostrasse ao senhor todos os livros da cidade!

Mesmo com o professor na pontinha dos pés e com Manuel Fieira quase dobrado em dois, a distância entre as cabeças deles era grande. Mas pareciam ambos prontos para voar um ao pescoço do outro.

As pessoas que estavam por perto nem respiravam. Os dois adversários se encararam em silêncio por um bom tempo até que, de repente, depois de armar um riso mau, Manuel Fieira levou a mão ao bolso interno do paletó e pescou lá um objeto que demorei a reconhecer. Era uma soqueira de ferro, instrumento que os antigos baderneiros usavam nas brigas de rua para machucar seus adversários.

Quando o escritor de livros policiais colocou a soqueira entre os dedos, vi que nela havia sido gravado um nome: Severino.
– Mesmo sem ter cursado odontologia – ameaçou Manuel Fieira –, vou arrancar seus dentes, professor. Sem anestesia.
– E se eu lhe disser que não tenho mais dentes? – indagou Severino. – E se eu lhe disser que uso dentaduras postiças?
– Se o senhor não tiver dentes, eu me contento em arrancar-lhe as gengivas. Mas não confio no senhor. Acho que mente. O senhor tem dentes, sim, mas apenas caninos, que servem pra estraçalhar seus alunos e os pobres escritores desta cidade.

Olhando desafiante para o homem gigantesco que tinha diante de si, o professor de português cruzou os braços e provocou:
– Cão que late não morde!

Manuel Fieira lançou um olhar pela volta. Havia plateia demais para que pudesse praticar um crime ali. Colocou a soqueira de volta no bolso e disse em voz baixa, mastigando as palavras:

– Não, eu não vou lhe arrancar os dentes. Pensando bem, contra o senhor, é preciso tomar uma atitude mais radical.

O autor de novelas policiais virou as costas para Severino Severo e zarpou com lentos e desengonçados passos de girafa.

– Atitude mais radical do que extrair os dentes, qual seria? – perguntou Tédio. E ele mesmo respondeu: – Talvez ele pretenda arrancar o coração do professor.

O INFERNO INVENTADO PELO POETA

Depois daquela cena, decidimos ir ao subsolo da livraria. Começamos a descer a escada, mas paramos no meio dela, porque num dos últimos degraus, de costas para nós, um homem recitava um poema. Era, de novo, o poeta Arno Aldo Arnaldo, ou professor Aldrovando.

– Gosto do que ele escreve – murmurou Tédio. – Eu me divirto muito com as brincadeiras que ele faz com as palavras.

Olhei espantada para o meu companheiro de "jornalismo":

– Onde você lê os poemas dele?

– Na edição de domingo do *Correio Popular*.

Encerrado o poema, cessadas as palmas, Arno Aldo Arnaldo dirigiu-se às cinco ou seis pessoas que o escutavam:

– O poeta é aquele que vê o muito no pouco. O vate é aquele que encontra o tudo no nada. Com um só verso, um versinho de três palavras, um bardo pode nos revelar o mundo. A beleza do mundo ou a melancolia do mundo. Desde menino sinto esta necessidade de dizer tudo de forma surpreendente e bela...

Nesse trecho, fui empurrada para o lado e alguém passou chispando por mim. Era Severino Severo, que cravou a mão com força no ombro do poeta e disse:

– Use a boca apenas pra comer salgadinhos, Aldrovando!

Desequilibrado pelo empurrão, o poeta Arno Aldo Arnaldo desceu, tropeçando, os degraus que tinha diante de si e derrubou as pessoas que o escutavam. Só não foi ao chão porque conseguiu agarrar-se a uma estante, que quase veio abaixo.

– Enquanto estiver mastigando, Aldrovando, você não dirá bobagens sobre poesia.

Quando conseguiu se equilibrar, com o auxílio da estante que oscilava, o poeta voltou seus olhos negros, que exibiam uma profunda tristeza, para Severino Severo e indagou:

– Quando o senhor vai parar de me perseguir, professor?

– Perseguir, você? Não, você não merece ser seguido nem perseguido.

– O senhor lembra que me deu um três numa redação porque eu escrevi *previlégio*? – perguntou o poeta. – Até os adultos se enganam, porque *previlégio* é mais fácil de pronunciar do que privilégio. E, naquela época, eu era apenas um menino de seis anos no seu primeiro ano escolar!

– Mentira! Você já tinha sete anos e cursava a segunda série.

Pensativo, em voz baixa, como se estivesse falando apenas para si mesmo, o poeta disse:

– Saiba, professor Severino, que os poetas podem ver o futuro! Na noite passada eu sonhei que o senhor despencava de um abismo em direção ao inferno. Mas o senhor não ia pro inferno comum, aquele que só tem fogo, não. O senhor despencava até o inferno de Dante, o inferno mais terrível de todos, porque foi inventado pela imaginação de um dos maiores poetas da humanidade.

A turma do deixa-disso teve que entrar em ação para evitar que o professor Severino Severo partisse para cima do poeta Arno Aldo Arnaldo.

CUTUCANDO A ONÇA COM VARA CURTA

Havia muita gente espalhada pelo subsolo, mas não se ouvia um ruído. Com gestos cuidadosos, as pessoas tiravam os livros das prateleiras e liam, ou fingiam ler, as orelhas e contracapas. De vez quando, temerosas, lançavam olhares por cima dos ombros.

— Todos parecem assustados – comentei.

— Estão com medo de Severino Severo – disse Tédio. – O velho gosta de armar barracos. Logo, logo ele vai bater boca com outras pessoas.

De repente, demos de cara com o mais famoso professor de Português da cidade, sozinho diante das prateleiras que continham os livros de Machado de Assis.

— Vamos entrevistar a fera? – sugeriu Tédio.

— Você não prefere dizer "vamos cutucar a onça com vara curta"? – perguntei.

Notei então que os olhos do professor estavam cravados em nós. Não podíamos mais recuar. Com o passo arrastado das pessoas que estão sendo conduzidas à força, caminhamos lentamente na direção dele.

Severino Severo tinha nas mãos uma edição de luxo de O alienista. Paramos a uma distância que nos pareceu segura e eu perguntei:

— A gente pode entrevistá-lo, professor?

— Agente? Onde está o agente? É agente policial ou agente sanitário?

— A gente — falei bem devagar — somos nós. São duas ideias separadas. Primeiro vem o *a*, que é artigo, feminino, definido, singular, primeira letra do alfabeto e primeira entrada do dicionário. Depois vem a palavra *gente*: substantivo feminino que significa "pessoas em geral". Ou seja, nós dois aqui.

Sou capaz de jurar que o cabelo do velho ficou ainda mais espetado no alto da cabeça enquanto ele disparava na minha direção um olhar que era um verdadeiro míssil verde.

Antes, porém, que ele pudesse resmungar alguma coisa, Tédio lascou:

— Professor, o senhor acha que uma pessoa normal pode decorar todas as regras sobre o uso do hífen?

Severino Severo baixou o rosto e ergueu interrogativamente as sobrancelhas:

— Você manga de mim, moleque?

— Manga? — entrei na conversa. — O que significa essa fruta no meio da frase?

— Não é fruta, bobinha! — reagiu o professor. — Também não me refiro à manga de camisa ou casaco. Nessa frase, uso o vocábulo como verbo. Você desconhece a existência do verbo mangar?

Sacudi a cabeça, pois nunca ouvira falar que existisse tal verbo.

Tédio continuou a provocar:

— Professor, por que escrevemos algumas palavras com cê cedilha e outras com dois esses, já que o som é o mesmo?

Severino Severo passou a mão pelo rosto como para se limpar de alguma coisa pegajosa e rosnou:

— Eu emprego o cê cedilha quando fico tão bravo quanto uma onça pisada no rabo. E utilizo os dois esses quando estou a ponto de assassinar alguém.

Assustados, Tédio e eu nos entreolhamos e, sem dizer palavra, decidimos encerrar ali mesmo a entrevista.

DIFERENÇA ENTRE TACHAR E TAXAR

Enquanto subíamos a escada, resmunguei:
— Credo! Que velho ranzinza!
— Ele é o rei dos dois erres — retrucou Tédio. — É casmurro, turrão, caturra e birrento.

De volta ao térreo, notei que Marco Bravo se preparava para entrevistar uma senhora bem baixinha.
— Quem é essa mulher? — perguntei, ao mesmo tempo em que acionava o gravador.

Tédio espichou o pescoço:
— Ah, é dona Maria da Anunciação, a diretora da Biblioteca Pública. Ela é muito gente fina!

Lembrei então que já havia conversado uma vez com aquela senhora na biblioteca da cidade. Muito gentil, ela falava com uma voz que lembrava o pipilar de um passarinho. Naquela tarde, não a reconheci de imediato porque ela trazia os cabelos grisalhos aprisionados num coque e exibia uns óculos de armação moderna, vermelha.

Aproximamo-nos a tempo de ouvir a primeira pergunta do jornalista:
— Quer dizer, então, que a senhora adora livros, dona Anunciação?
— Claro. Se não gostasse, não seria bibliotecária.

O repórter soltou uma gargalhada escandalosa:
— Ah, essa resposta é muito boa! Mas me diga outra coisa: o que é que uma biblioteca tem, além de livros e estantes?

A bibliotecária observou atentamente o rosto do repórter para ver se ele estava tentando zombar dela. Como concluiu que não, que ele era apenas um tolo, disse sorrindo:

– Traças, ácaros, mofo e poeira!

– Não, não! Eu me referia a coisas mais elevadas. Como por exemplo, o conhecimento, a inteligência, a cultura...

– Com esses seres abstratos eu nunca dei de cara por lá.

O repórter explodiu numa nova gargalhada cacarejante que terminou em pergunta:

– A senhora gosta mais de livros de ficção ou não ficção?

– Gosto de livros bem escritos. Mas esses são raros.

Embora contrariado, insatisfeito com as respostas, o repórter encerrou a entrevista sorrindo para a câmera. O sorriso dele, porém, lembrava mais a careta de um cachorro que lambeu sabão em barra e não gostou. Como todo repórter de televisão, Marco Bravo esperava sempre respostas óbvias.

Mal se apagou a luz que iluminava o local da entrevista, um homem pequeno se colocou na nossa frente e, erguendo o braço na direção da bibliotecária, disse:

– Maria da Anunciação, você continua a menina má que foi quando era minha aluna. Você permaneceu cínica. Eu, que sou um homem sério, acho que você não deveria zombar de um jornalista, mesmo quando ele é um palerma.

Achei que Marco Bravo ia reagir com indignação, mas ele, aparentemente, não entendeu o comentário do professor.

– Como o senhor tem coragem de se dirigir a mim depois daquilo que me fez? – reagiu a bibliotecária.

– E o que eu lhe fiz, Maria da Anunciação?

– O senhor me deu um dois e meio quando eu tinha apenas oito anos! Não lembra? Fiquei traumatizada para sempre. Por sua culpa, no vestibular, quase optei por cursar Matemática. Mas, felizmente, eu me mantive fiel à minha paixão, que são os livros...

– Ora, Maria da Anunciação, aos oito anos uma menina que quer ser bibliotecária já deveria saber a diferença entre os verbos tachar e taxar. Lembra daquela frase horrível que você escreveu:

"Os alunos *taxam* o professor Severino Severo de reprovador compulsivo". Mesmo contra a minha vontade, porque você era uma menina aplicada, eu tive que lhe dar nota baixa.

– Se o senhor não se retirar imediatamente daqui, entraremos em luta corporal – disse a bibliotecária, e ergueu as mãos fechadas diante do rosto.

– Um cavalheiro não bate numa dama nem mesmo com um buquê de rosas perfumadas – retrucou o professor.

MAIS DO QUE BOM HUMOR

Severino Severo partiu desembestado, mas não deu nem meia dúzia de passos, porque foi agarrado pelo pescoço por uma mulherona que comentou, em voz alta:

– Ora, vejam só quem está aqui! Parece um pintinho desplumado, mas não é. Trata-se do maior crítico literário da nossa cidade. Nunca me elogiou, mas também nunca me atacou. Não é louco, preza sua saúde.

As pessoas riam enquanto o professor se debatia, praticamente suspenso no ar, tentando se livrar da garra esquerda daquela mulher colossal, que na mão direita, coberta de anéis gigantescos, segurava um fumegante charuto fedorento.

– Quem é a figura? – perguntei, estendendo o gravador na direção da mulher.

– A loira de farmácia? – Tédio apontou para a cabeleira dela, que tinha a cor de um canário belga e o formato de um capacete. – É a famosa Estrela dos Mares Rainha, a autora de livros juvenis.

– Ah, já li um belo livro dela: *O flautista no meio da rua num dia de vento frio e baixa umidade relativa do ar*. Imaginava que fosse pequena e delicada. Viu como os olhos dela são lindos?

Quando a escritora soltou o professor, arroxeado por falta de ar, ele mal conseguia se sustentar nas pernas trêmulas. Estrela dos Mares deu uma tragada forte no charuto e em seguida cuspiu um metro cúbico de fumaça na reta do nariz do professor:

– Quando é que o senhor vai escrever uma crítica favorável a um livro meu, professor?

Mesmo quase nocauteado, vergado, com as mãos agarradas nos joelhos, o velhote resmungou:

– Quando você aprender a escrever. Se é que isso é possível.

Algumas pessoas riram da tirada do professor. Estrela dos Mares fingiu sorrir, mas seus belíssimos olhos verdes ficaram tristemente marejados.

Imaginando que aquele diálogo poderia acabar em combate, Laurentino Floresta deixou o caixa e enfiou-se entre o professor e a escritora. Curvado, beijou o dorso da mão de Estrela dos Mares e indagou:

– A senhora tá gostando da minha festa?

– Lamentavelmente, aqui só tem refrigerante – reclamou a mulherona. – Se soubesse disso, eu teria ido à festa de um aninho do meu neto. O pirralho só pega a chupeta se ela estiver lambuzada de uísque.

O livreiro soltou uma gargalhada nervosa e, voltando-se para Severino Severo, tentou melhorar o clima:

– Professor, existe mulher mais bem-humorada do que dona Estrela?

– Ela vai precisar de muito mais do que bom humor pra suportar a crítica que escreverei sobre o próximo livro dela – ameaçou Severino. – Depois, é bem possível que ela precise mudar de cidade.

– Mudarei, sim – berrou a loira, ao mesmo tempo em que lançava o charuto aceso na direção do professor. – Mudarei pra não ser presa pelo seu assassinato.

O QUE É DISSIMULAÇÃO?

Necessitados de tranquilidade e de ar fresco, Tédio e eu fomos até a calçada.

— O professor Severino não faz muita questão de ter amigos – comentei.

— Se um dia descobrir que alguém gosta dele, o velho vai passar mal.

— Quando você foi aluno dele?

— Na quinta série. Antes, eu só tirava dez em redação, mas, com ele, nunca passei de cinco. Não gostava das minhas redações. Dizia que eu não sabia escrever com seriedade. Ele odeia textos divertidos.

— Fui aluna dele no ano passado. E também penei com as redações. Mas nossas maiores brigas eram por causa das interpretações de texto...

— Deve ter sido sobre *Dom casmurro*, o livro que ele mais adora.

— Isso mesmo. Ele perguntou se, na cena em que Capitu beija Bentinho, a pessoa que entra no local onde eles se encontravam era a mãe da Capitu, o pai dela, a mãe do Bentinho ou se era o agregado José Dias. Eu me esquentei. Disse a ele que aquilo não tinha importância. Perguntei: como pode o senhor se interessar por uma insignificância na principal cena do livro, justo quando Capitu mostra que é dissimulada?

— E o velho? – perguntou Tédio.

— Ficou furioso comigo. Disse que dissimulada era eu, que queria destruir a autoridade dele diante da turma toda.

UM VERDADEIRO MANUAL DE CACOFONIA

— Comigo foi pior – disse Tédio. – Eu levei zero na redação mais criativa que escrevi até hoje. Gastei dois dias pra bolar um verdadeiro manual de cacofonia. A começar pelo título.

Em seguida, de olhos fechados, ele recitou:

VOU-ME JÁ NO BARCO

Ao abandonar pela segunda vez a ilhota Bela, despedi-me dos amigos e depois fui à caverna da feiticeira. Saicã já sabia da minha fuga.

Ela me disse:

– Na vez passada, como não me beijaste a mão, não venceste o dragão.

– Calma, minha amiga – respondi. – Vou beijar-te uma mão, só que a esquerda, porque a direita, por coincidência, fede a cebola.

A boca dela se abriu e ela cantarolou um trecho do hino: o heroico brado.

Quando eu me abaixei para beijar-lhe a mão, ela me pegou pelo pescoço e disse, de olhos fechados:

– Vem, tô te esperando, ente amado! Dá-me uma beijoca na bochecha.

Fugi, rolando morro abaixo. Nunca ganhei tanta velocidade.

– Não vejo nada demais nessa composição – comentei.
– É um texto genial! – estrilou Tédio. – Tem todos os cacófatos mais conhecidos da Língua Portuguesa.
– Cacófato? Que bicho é esse?
– É uma palavra grega que significa "mau som". O cacófato ocorre quando as sílabas finais de uma palavra se unem às sílabas iniciais de outra, formando uma palavra que soa desagradavelmente.
– Ah, lembrei!
– No meu texto, além do título, tem: tabela, medos, canja, vespa assada, maminha, mamão, soque, porco, cadela, herói cobrado, vento, doente amado, nabo, giro e ca...

– Qual foi a reação do velho Severino?
– Ele ficou furioso!

Imitando a voz do professor, Tédio discursou:

– Teodoro, nesta escola, piadinha é infração grave, se feita por aluno. Aqui, só o professor tem direito de bancar o engraçadinho. Eu diria mais: aqui só um professor, eu, pode deitar e rolar. Sou o mais antigo e conheço todas as manhas dos alunos mais espertinhos, como você. Eu poderia pedir sua expulsão à direção da escola, mas vou me contentar em lhe dar um anel, um círculo, um belo zerinho.

LIVROS NÃO SÃO CARTEIROS

Ao reentrar no prédio fomos retidos por um ajuntamento nas proximidades da estante das enciclopédias, onde Marco Bravo se preparava para conversar com alguém.

Instalada a câmera no tripé e ligado o pau-de-luz, vi que a pessoa a ser entrevistada era a professora de Teatro da nossa escola, Ana Cristina. Tão exigente quanto o professor Severino Severo, ela cobrava total dedicação dos alunos, mas, ao contrário dele, era simpática e brincalhona.

De estatura média, mas parecendo ser alta porque era magra como um cabo de vassoura, Ana Cristina vestia-se como a riponga que era: bata branca e saia indiana de tecido estampado que lhe descia até os pés, sempre enfiados em sandálias de couro.

Eu era fã dela. Adorava passar as tardes de sexta-feira no auditório ensaiando a peça que nossa turma apresentaria no final do semestre.

O jornalista empunhou o microfone, sorriu para a lente da câmera e soltou a voz:

— Agora, passo a entrevistar dona Ana Cristina, que é a acelerada, quero dizer, celebrada professora de Teatro do Colégio Brasil. O que a senhora tem a dizer à nossa reportagem?

— Eu, nada. Faça-me uma pergunta decente.

Marco Bravo ampliou seu conhecido sorriso amarelo:

— É o que eu vivo dizendo. Não há nada melhor do que entrevistar pessoas inteligentes. Elas sempre se saem com respostas que me deixam zonzo... Dona Ana, fale-nos do seu trabalho.

— No começo do semestre, dou a meus alunos alguns textos de um autor e mando que leiam. Depois, eles escolhem entre esses textos aquele que na opinião deles renderá uma boa peça de teatro. Então começamos a ensaiar.

— No atual semestre a senhora trabalha com que autores?

Talvez por ver-me ali, a professora respondeu:

— Na sétima série, por exemplo, estamos estudando Jorge Amado.

— E o texto, qual é?

— A *morte e a morte de Quincas Berro D'Água*.

— E qual é a mensagem do livro?

— Livros bons não trazem mensagens. Livros não são carteiros.

Marco Bravo emitiu para a câmera um meio sorriso, como se tivesse compreendido a ironia da professora, e continuou:

— Sim, dona Ana, mas qual é o tema, o assunto, o enredo?

— O livro trata das duas mortes de um homem. Ou seja, fala da sua verdadeira morte e também da sua primeira "morte", que ocorre quando ele abandona sua família pra viver entre os boêmios.

— Boêmios, não! — berrou alguém. — Na verdade, são marginais: prostitutas, bêbados e vigaristas! Quincas trocou sua família pela companhia de uma corja de malfeitores.

O AUTOR MAIS INDICADO PARA A GAROTADA

Aqueles berros, vindos de não se sabia exatamente onde, perturbaram tanto o jornalista que ele encerrou a entrevista às pressas, abrindo seu mais sedutor sorriso para a filmadora.

Apagada a luz fortíssima que iluminava entrevistador e entrevistada, surgiu o vulto negro de Severino Severo, que, de dedo em pé, se dirigiu a Ana Cristina:

— Em vez de dar textos desse autor indecente a seus alunos, a senhora deveria mandá-los ler *Os sermões* do Padre Vieira!

— Em primeiro lugar, não lhe devo explicações sobre os autores que adoto – respondeu a professora, falando bem devagar. – A direção do colégio me dá total liberdade pra desenvolver meu trabalho. E eu só escolho autores que tocam a sensibilidade dos meus alunos.

Ana Cristina estava me surpreendendo ao falar daquele jeito, sereno demais, porque era uma pessoa apaixonada, sempre empolgada com os textos que nos apresentava.

— Em segundo lugar, quero lhe informar que o período em que fui sua aluna não foi o mais feliz da minha vida escolar.

— Como não? O que a senhora quer dizer com isso?

— Que não gostei de ser obrigada a decorar o canto primeiro de *Os lusíadas*.

— Como não? Você não sabe que o Camões é o pai da nossa língua e um dos maiores poetas do mundo?

— Sei. Mas não acho que ele seja o autor mais indicado pra garotada de dez anos.

— Quer dizer então que a senhora, dona sabichona, descobriu quais são os autores mais indicados para os jovens?

— Pessoalmente, prefiro os que escrevem histórias divertidas e movimentadas, com diálogos inteligentes...

— A senhora acha que os jovens não devem ler os clássicos, é isso?

— Eu não disse isso! Estudantes podem ler os clássicos, claro, embora muitos dos grandes livros só possam ser compreendidos plenamente por leitores experientes.

Sem ter o que retrucar, o professor saiu dali resmungando, as bochechas sacudidas por palavras raivosas que ele mal conseguia reter.

AS PESSOAS LEEM POR PRAZER

Depois de mais aquela exibição do temperamento belicoso de Severino Severo, decidimos dar uma olhada nos livros usados, julgando que lá em cima encontraríamos um clima mais pacífico.

— Quando a gente escrever a reportagem, dona Fátima não vai acreditar – disse Tédio enquanto subíamos a escada. — Ela vai achar que nós inventamos esses bate-bocas do Severino.

Na sobreloja, separamo-nos. Eu fui passar os olhos pela estante de poesia brasileira, Tédio foi garimpar entre os livros policiais.

Meia hora depois, meu colega veio me dizer, em voz baixa, que, perto da escada, havia um grupo de alunos da Escola Estadual cercando Severino Severo.

Em silêncio, já com o gravador ligado, nos aproximamos deles. O professor discursava em voz alta:

— Livro bom é livro maçante, chato. Livro que se lê com facilidade a gente esquece facilmente. Livro bom é aquele em que você tem que ler um parágrafo cinco ou seis vezes antes de entendê-lo. Livro bom é aquele que te dá muito sono. Aí, você toma uma caneca de café e continua a ler...

– Desculpe, professor, mas o senhor tá redondamente enganado – disse alguém atrás de mim, com voz rouca porém firme. – As pessoas leem principalmente por prazer.

Gelei, apavorada. Aquelas palavras haviam saído da boca de Teodoro Inácio de Oliveira, o Tédio.

– Você, sempre você, Teodoro! Tenho pena dos seus pais. Os coitados rasgam dinheiro tentando educar você, que é um debochado de marca maior. Afinal, o que você está fazendo nesta livraria? Veio comprar um livrinho pra colorir com lápis de cor?

Os estudantes que cercavam o professor caíram na risada. Dois deles, segurando a barriga, rolaram pelo chão. Como havia uma grande rivalidade entre o Colégio Brasil e a Escola Estadual, eles aproveitaram para tirar onda em cima do Tédio.

– Minha colega e eu vamos escrever sobre esta inauguração – disse Tédio, em tom ameaçador. – O que mais assistimos até o momento foram discussões iniciadas pelo senhor. Prepare-se pra próxima edição. Nela, o senhor será o destaque... Negativo, claro.

Olhos arregalados, embasbacados, os estudantes da Escola Estadual acompanharam atentamente o discurso do meu colega. Não imaginavam que um aluno pudesse ter coragem de enfrentar Severino Severo.

– Voltemos ao que realmente interessa, Teodoro – recomeçou o professor, surpreendentemente calmo. – Você acha mesmo que as pessoas leem principalmente por prazer?

– Claro! Meu pai me deu *A ilha do tesouro*, de Robert Louis Stevenson, quando eu tinha dez anos. Comecei a ler às oito da manhã e acabei às onze da noite. Antes, eu achava que morreria se tivesse de ler um livro com mais de cinquenta páginas. Mas durante aquele dia não tive fome nem sede, eu só queria saber das aventuras...

— Odeio livros de aventuras! Acho que os jovens deveriam ler apenas os clássicos da nossa língua...

— Na idade apropriada — atalhou Tédio. — Foi isso que a professora Ana Cristina lhe disse há pouco. O senhor não pode querer que um menino de dez anos ame o Padre Vieira ou Camões, que são leitura pra adultos. Há livros que são adequados pra jovens e há livros que não são. Eu, por exemplo, quando pego um que não consegue prender a minha atenção, abandono a leitura...

— Isso é coisa de preguiçoso! Você tem que ler mesmo sofrendo muito. Os melhores livros são sempre duros de ler.

— Nem sempre.

— Não vou perder meu tempo discutindo com um jovem arrogante — disse Severino Severo e saiu, batendo os saltos dos sapatos, em direção ao fundo da sobreloja.

O bolinho de estudantes logo se desfez.

A TÉCNICA DO ENGANO PERMANENTE

De volta ao térreo, quando tomávamos um copo de guaraná, Tédio apontou para o homem sorridente que estava por trás da caixa registradora e comentou:

— Laurentino tá feliz porque, neste exato momento, faz o que mais gosta: rouba seus clientes.

— Como assim?

Meu colega moveu o dedo em direção à parede que ficava atrás do livreiro:

— Tá vendo aquela tabela grande?

— Sim.

— Cada letra representa um número. A letra A corresponde ao número um, a letra B ao número 2 e assim por diante. Jota significa zero.

— Sim. E daí?

— O preço de venda é escrito a lápis. Um livro cujo código for AA custará onze reais.

— Confere. Mas como é que ele rouba?

Tédio pegou um livro, abriu-o na última página e me mostrou que ali havia um registro: BC.

— O preço é 23 reais – falei.

— Certo. Vamos ao caixa.

Laurentino armou um sorriso irônico ao receber o livro das mãos de Tédio:

— Quer dizer que você abandonou seus maus hábitos? Agora, compra. Que progresso!

O livreiro abriu o livro, leu o código, baixou o rosto até bem perto do balcão e consultou uma tabelinha com letras e números. Uma tabelinha de dois por dois centímetros. Na verdade, as letras e os números ali eram quase indecifráveis.

— Trinta e dois pilas – disse o livreiro.

— Quanto? – insistiu meu colega.

— Trinta e dois reais.

— Como sempre, você se enganou – disse Tédio. – O livro custa 23 reais.

— Mas que barbaridade! – exclamou Laurentino – Me confundi ao ler a tabelinha. A culpa é do cretino do meu oculista que me receitou esses óculos que não prestam.

— Por que você não consultou a tabela grande?

— Tu queres que eu viva virando o pescoço pra trás, guri? Queres que eu tenha um torcicolo?

– Enquanto você não ampliar a tabelinha do balcão, não compro mais aqui – Tédio soltou o livro sobre o balcão.

O sorriso desapareceu rapidamente do rosto do livreiro, substituído por uma carranca feroz:

– Sei. Preferes levar sem pagar.

– Manjo seu truque, Laurentino. Você não tem vergonha de enganar as pessoas?

O livreiro voltou imediatamente a sorrir:

– Não exagere! Nem todos se deixam enganar. Os mais espertos, como tu, percebem o meu engano...

– Engano? – exclamou Tédio.

– Sim. Quase sempre eu me engano, mas os clientes têm a chance de me corrigir, como tu fizeste. Basta que consultem a tabela grande.

– Isso é roubo!

– Não seja radical! Enganos tanto podem ocorrer nas pequenas empresas, como a minha, quanto nas que têm milhões de clientes. Mas as pessoas só reclamam dos pequenos empresários.

O meu espanto com o caradurismo do livreiro era tão grande que minha boca se abriu como que eu estivesse prestes engolir um enxame de mil abelhas.

Voltei-me para Tédio, a fim de ver o que ele responderia ao livreiro, mas meu colega olhava para alguém que se aproximava rápida e ameaçadoramente do balcão.

MUDAR DE CALÇADA SALVARÁ SUA VIDA

Severino Severo vinha furioso. Seus lábios se moviam sem emitir som, e seus olhos despejavam uma assustadora luz esverdeada. De início, achei que ele ia atacar Tédio, mas depois percebi que mirava Laurentino.

Ao detectar o fulminante avanço do professor, o livreiro refugiou-se por trás da máquina registradora.

Com meio corpo avançando sobre o balcão, o professor rosnou:

– Você me deve certa quantia, lembra?

Armando rapidamente uma cara de songamonga, o livreiro piou fino:

– Eu? Não creio.

– Não se faça de bobo! No ano passado, entreguei a você cinquenta livros antigos. Lembra? Você disse que me pagaria em trinta dias. Mas já se passaram oito meses e...

– Então o senhor deve ser o professor Severino Severo. Desculpe, demorei a reconhecê-lo.

– Não se faça de bobo!

– A culpa é dos meus óculos atuais. Não enxergo bem com eles.

– Me diga uma coisa: pelo menos, você leu meus livros antes de vendê-los?

– Em geral, só leio as orelhas.

– Leu aquela edição portuguesa de *Crime e castigo*, de Dostoiévski?

– Só a introdução.

– Leu *O assassinato no Expresso do Oriente*?

– Só a ficha catalográfica.

– Se um dia me encontrar andando por uma calçada, atravesse a rua imediatamente – bradou Severino Severo, ameaçador. – Mudar de calçada poderá salvar sua vida.

Depois que o professor se afastou, o livreiro voltou-se para nós:

– Vocês viram isso? O sujeito teve o peito de me ameaçar dentro da minha loja!

– Por que o senhor não paga o que deve a ele? – perguntei.

– Que desaforo, guria! Não me vem com pergunta idiota!

Acintosamente, o livreiro voltou-se de costas para nós e foi atender alguém que queria comprar um livro.

A CAÇA AO TESOURO E A APOSTA

Cansada de tanta confusão, convidei Tédio para ir embora:
— A gente já tem muita coisa sobre o que escrever.
— É isso aí. Vamos nessa.

Quando nos aproximávamos da porta da rua, escutamos uns estalidos na caixa de som. E logo depois reconhecemos o forte sotaque gaúcho de Laurentino:

— Atenção, atenção! Vou anunciar agora uma promoção louca de sensacional! Trata-se de uma caça ao tesouro. A direção desta empresa escondeu um exemplar da primeira edição de *Vidas secas* entre as prateleiras da sobreloja. Mas não se trata de um exemplar comum, não. É um livro altamente valioso, porque contém uma dedicatória de Graciliano Ramos pra Guimarães Rosa. Portanto, comecem imediatamente a procurar o livro, que está em alguma das nossas prateleiras. Boa sorte ao sortudo ou à sortuda que vai encontrar essa obra rara!

Irrompeu na loja um grande clamor. Todos passaram a falar em voz alta e a gesticular, agitados. Em seguida, começaram a se movimentar freneticamente. Houve congestionamento na escada que conduzia à sobreloja.

— Sou apaixonada por *Vidas secas* — eu disse ao Tédio. — Se quiser, pode ir embora, mas eu vou ficar bisbilhotando as prateleiras.

— Quer dizer, então, que você acreditou no que disse o Laurentino?

– Mas é claro! Você acha que ele mentiu sobre o livro?
– Pelo que sei, ele raramente diz a verdade... Venha comigo!

Segui meu colega em direção ao balcão, por trás do qual estava Laurentino, sorridente, contemplando as pessoas que trocavam cotoveladas na escada.

Tédio se dirigiu a ele:

– Primeira pergunta: o que é que você ganha com essa jogada?
– Embora isso não seja da tua conta, piá, eu vou te responder. Enquanto procuram o livro, os clientes furungam nas prateleiras. De repente, eles encontram um livro que lhes interessa. Resolvem comprá-lo. E continuam a procurar. Aí, acham outro livro bacana e...
– Segunda pergunta – interrompeu Tédio. – Existe mesmo esse livro raro?

O sorriso sumiu da cara do livreiro, substituído por uma expressão de profunda indignação:

– Tu tá me chamando de mentiroso, guri?
– Não acho que você seja apenas mentiroso. É também fofoqueiro e desonesto. Será que o livro tá mesmo numa das prateleiras? Ou você se esqueceu de escondê-lo? Pra mim, as pessoas podem procurar eternamente que nunca encontrarão tal livro.
– Desconfias de mim, moleque? Então, vamos fazer uma aposta! Se o livro for encontrado, tu me darás teu computador.
– Negócio fechado!
– Hoje a loja fica aberta até dez da noite – disse o livreiro, estendendo a mão para Tédio. – Amanhã abrirei às oito da manhã pra oferecer um café aos meus principais clientes. Aliás, vocês dois podem vir. Considerem-se convidados. Se ninguém achar o livro até o meio-dia de amanhã, eu te darei o computador mais caro que encontrares em qualquer loja da cidade.
– Não confio no senhor – disse o meu colega, mas, mesmo dizendo isso, apertou a mão que o livreiro lhe oferecia.
– Fazes bem, guri – Laurentino voltou a sorrir. – Nem eu mesmo confio em mim.

UM CONSELHO GRATUITO

Fomos os últimos a subir até a sobreloja.

Quando chegamos lá em cima, Tédio me disse:

— Vou ficar mais um pouquinho. Quero me divertir vendo esse povo ser enganado pelo livreiro.

— Eu só saio daqui às dez — respondi. — Ou antes, se alguém achar o livro autografado.

— Mariana, eu vou lhe dar de graça um conselho: vá embora. Aqui, você só vai perder seu tempo.

Sem dar pelota para a opinião do meu colega, embrenhei-me entre as estantes. E, envolvida na caça ao tesouro literário, nem vi o tempo passar. Nem eu nem as pessoas que permaneceram na livraria até dez da noite, quando, batendo palmas com quem espanta galinhas, Laurentino nos expulsou do prédio.

SEGUNDA PARTE

O INTERROGATÓRIO

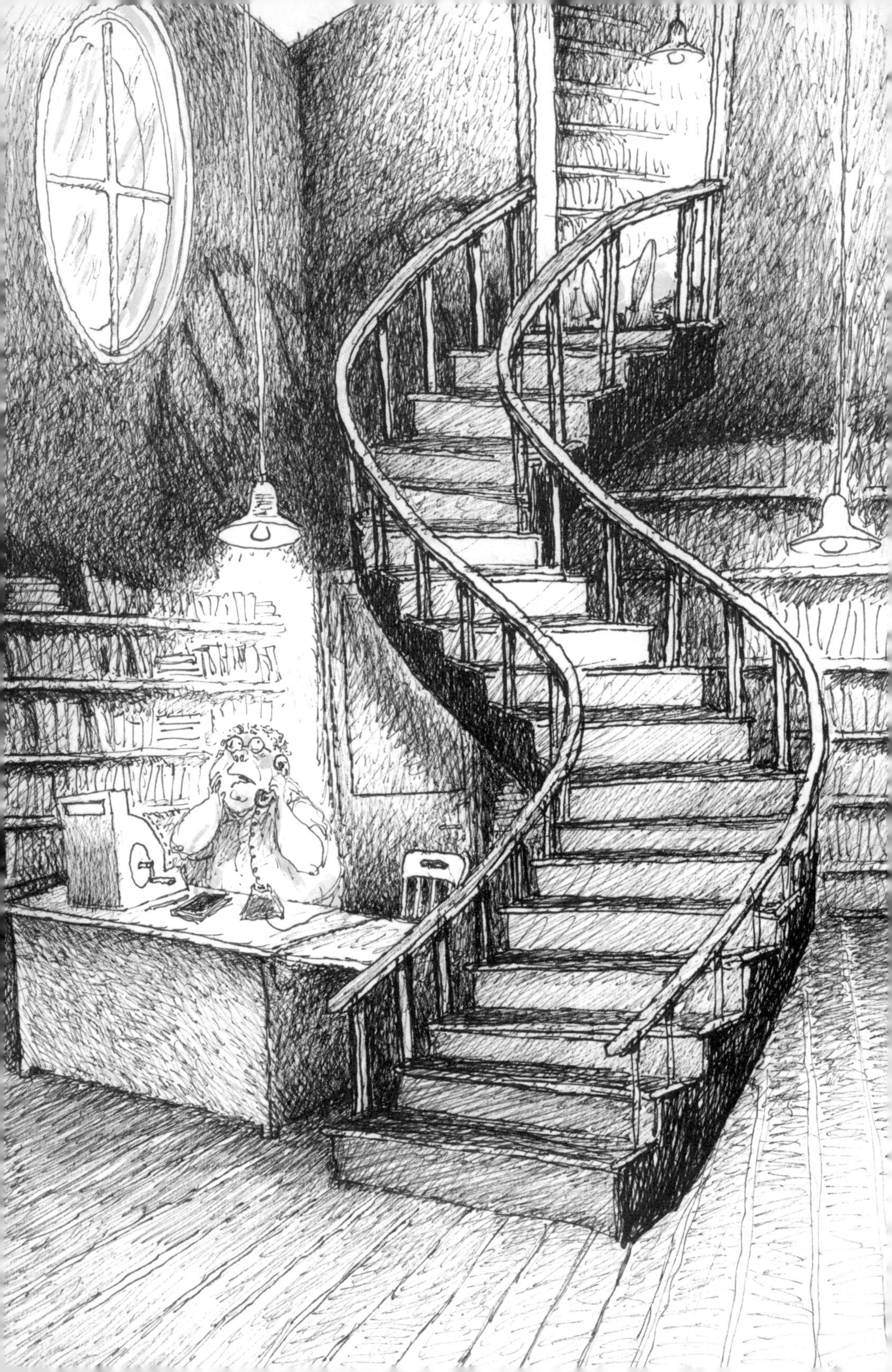

NÃO SERIA UM RATO DE BIBLIOTECA?

No dia seguinte, sábado, pouco antes das oito da manhã, Tédio e eu nos reencontramos na frente da Esquina das Palavras. Junto à porta da livraria estavam reunidos os convidados para o café da manhã. Observei-os discretamente:

– Acho que reconheço todos eles. Estavam aqui ontem.

– Sim, são as mesmas caras – concordou Tédio. – Mas, agora de manhã, parecem ainda mais feias, amassadas por uma noite ruim. Nem devem ter dormido direito pensando no livro autografado pelo Graciliano Ramos.

Nada respondi, mas ele tinha razão. Durante a noite eu havia sido sacudida por incontáveis pesadelos com livros que voavam como pássaros, estantes que desmoronavam sobre mim e livrarias que se incendiavam.

Olhei para o lado e vi Marco Bravo de calça jeans e camiseta, sem gel no cabelo, que me disse, sorrindo:

– Essa noite tive um pesadelo horroroso. Sonhei que minha cabeça tava coberta de cocô de passarinho. O que será que isso significa?

– No livro *Crônica de uma morte anunciada*, o cara que sonha com, digamos, material descartado pelos pássaros durante o voo morre assassinado – disse Tédio.

– Sai fora! – exclamou o jornalista.

Às oito horas em ponto, um funcionário sonolento abriu a porta da livraria. Mal entramos no prédio, senti um clima ruim, pesado.

Ao lado da caixa registradora, muito pálido, trêmulo, Laurentino teclava nervosamente o telefone. Vendo-o alterado, várias pessoas se dirigiram ao balcão. Fomos atrás.

– O que aconteceu? – perguntou Estrela dos Mares. – O padeiro ainda não chegou?

O livreiro ergueu o rosto e as banhas de sua papada sacudiram como gelatina. Por trás das lentes grossas, seus olhos mostravam o mais puro terror.

– Bah, tem um morto no andar de cima. Estou ligando pra polícia.

Sobreveio um grosso silêncio, daqueles que – como dizem os autores de livros policiais – se pode cortar com faca.

– Ligue o viva-voz que a gente quer ouvir sua conversa com a polícia – pediu Manuel Fieira.

O livreiro pressionou um botão e escutamos uma voz grossa, uma retumbante voz de locutor de rádio, que se demorava nos erres:

– Qual é o prrroblema, meu senhorrrrr?

– Bah, tchê, eu queria falar com delegado.

– Sou eu mesmo, Túlio Trrrrrúcido.

– Aqui é da livraria Esquina das Palavras. Temos um morto na sobreloja.

– Tão cedo? Foi assassinato?

– Não sei. Tem alguém esmagado debaixo de uma estante.

– Não seria ele um rato de biblioteca? – indagou o delegado, e soltou uma breve risada.

– Não brinque! – exclamou o livreiro, dramático. – Trata-se de um ser humano.

– Daqui a pouco estarei aí.

Ouvimos o barulho de um telefone sendo colocado no gancho.

MORTE ALTAMENTE POÉTICA

A primeira a sair do estado de choque em que nos encontrávamos foi Estrela dos Mares, que botou seu corpanzil na frente de todos nós, sugou com vontade o charuto recém-acendido, soprou uma nuvem de fumaça na reta do nariz do livreiro e decretou:

– Vamos ver o defunto!

– Não sei se a gente pode – hesitou Laurentino.

– Claro que a gente *podemos* – palpitou Marco Bravo.

– Não ouvi o delegado proibir ninguém de ver o falecido – acrescentou Manuel Fieira.

– Nem eu – reconheceu o livreiro. – Então, vamos subir. Mas vocês não vão tocar em nada!

Depois que concordamos com gestos de cabeça, Laurentino colocou-se na nossa frente. Numa massa compacta, apertados uns contra os outros, nos encaminhamos para a escada que conduzia à sobreloja. Na pontinha dos pés, como que receando fazer um ruído que incomodasse o morto, escalamos os degraus.

Ao atingir o andar em que eram expostos os livros usados, todos nós seguramos a respiração por um instante. Dona Maria da Anunciação, que estava na minha frente, soltou o ar num assobio e murmurou:

– Além de mofo, poeira, ácaros e traças, eu sinto aqui também a presença da Morte.

Um arrepio de medo me correu pela coluna cervical.

Agrupados, avançamos lentamente em direção ao fundo da sobreloja. Por cima dos ombros dos que estavam à minha frente, vi a estante caída e os livros espalhados pelo chão. Comecei a suar quando percebi que a cada passo que dava me aproximava mais do primeiro morto que eu veria na vida.

Do alto de seus dois metros, Manuel Fieira identificou a pessoa que estava sob a estante tombada:

– É Severino Severo!

Por um instante nos detivemos, para assimilar a notícia, mas logo continuamos a andar, ainda mais ajuntados, ainda mais lentos. Numa segunda parada, pude ver, por entre os livros esparramados, um chumaço de cabelos brancos espetados e umas pernas finas enfiadas em tecido preto. Quando a massa humana, no meio da qual eu me encontrava, deu mais um passo cauteloso, eu vi o rosto do velho professor de português. Sua face, antes retorcida por uma irritação permanente, expressava total serenidade. Aparentemente, a prateleira mais alta da estante havia caído sobre o pescoço dele, matando-o. As demais prateleiras desciam-lhe pelo corpo.

– Teve um bom falecimento – disse o poeta Arno Aldo Arnaldo. – Pra quem cultiva o salubérrimo hábito da leitura, não pode haver morte mais esplendorosa. O mais famoso docente de nossa cidade veio a falecer soterrado sob uma chuvarada de publicações. Sem dúvida, trata-se de uma morte altamente poética.

– Morreu sob a estante que guardava os livros de Machado de Assis! – acrescentou Estrela dos Mares. – Morrer esmagado pelo autor que mais se ama é a glória total. Mesmo que os livros sejam usados.

Tédio me cutucou com o cotovelo, fez um sinal para que eu ligasse o gravador e murmurou junto ao meu ouvido:

– Preste atenção no que eles dizem. Ontem todos queriam matar o professor, lembra?

CONTA VELHA NÃO SE PAGA

Aquela pergunta me fez tremer da sola do pé ao ponto mais alto da minha cabeleira.

Tédio simplesmente estava me dizendo que uma das pessoas que nos cercavam poderia ter assassinado o professor.

Imóveis, em silêncio, examinamos com interesse a cena de morte. Sob uma pilha de livros, o professor estava na relaxada pose de quem se deita num gramado em dia de sol: tinha o braço direito estendido ao lado do corpo enquanto sua mão esquerda, sob a nuca, lhe servia de travesseiro.

– Toda tragédia tem seu lado bom – disse Manuel Fieira. – Agora, a cidade tem um crítico literário a menos.

Como aquela frase foi bem acolhida, ou seja, como ninguém reclamou dela, o autor de livros policiais acrescentou:

– Mas é possível que o professor tenha sido assassinado.

– Por quê? – inquiriu Estrela dos Mares.

– Ele tinha inimigos demais pra simplesmente morrer.

As palavras de Manoel Fieira vibraram por algum tempo em nossos ouvidos. O que ele dizia fazia sentido, muito sentido. Aquela frase era terrível, mas verdadeira.

– Bem, se ele foi assassinado, é lógico que alguém matou ele – comentou Marco Bravo.

– Genial dedução – zombou alguém.

– Raciocina comigo, povo – pediu o jornalista. – Se a gente estava ontem aqui e hoje nós estamos aqui de volta, me parece lógico que um de nós *sejamos* o assassino. Como diz aquela frase famosa: o assassino sempre volta à cena do crime.

– Apesar da concordância capenga, você tá certo, meu jovem – disse o secretário de Cultura, que não perdia oportunidade de bajular um jornalista. – Se o professor foi assassinado, é mais do que provável que o matador seja um de nós. Chego a esta triste conclusão porque, infelizmente, nenhum de nós amava o professor.

– Será que alguém vai chorar a morte dele? – perguntou Estrela dos Mares.

– Os credores – respondeu Laurentino. – Ele devia muito na praça. Não pagava suas contas. O professor me dizia: conta nova a gente deixa ficar velha, e conta velha não se paga de jeito nenhum.

– Pobrezinho, morreu tão jovem! – acrescentou a professora Ana Cristina, enquanto limpava uma lágrima com a ponta de um lenço. – Ainda não tinha nem oitenta anos!

Para evitar cair na gargalhada, algumas pessoas fingiram tossir, outras simularam pigarros.

Ana Cristina insistiu:

– Não tô brincando, gente! Hoje em dia as pessoas morrem muito mais velhas. Oitenta anos nem é uma idade tão avançada assim.

Novas risadinhas. Compreendi então que muitos ali não estavam impressionados com a morte do professor. Ao contrário, talvez até se divertissem com ela.

Olhei para Tédio, que sacudiu de leve a cabeça e levou o dedo indicador ao alto da bochecha, como que dizendo: vamos ficar de olho neles. E sussurrou junto ao meu ouvido:

– É difícil saber qual deles tem mais pinta de suspeito.

ASNEIRAS E OBRAS-PRIMAS

– Será que o severo pedagogo Severino padeceu por horas demoradas? – perguntou Arno Aldo Arnaldo.

– Sem dúvida! – respondeu Maria da Anunciação. – Deve ter agonizado durante um tempo infindável.

Notei uma quase imperceptível entonação festiva, comemorativa, na voz do poeta e da bibliotecária.

– Bah, o pior de tudo é que o velho não pôde ler enquanto agonizava – comentou Laurentino. – Deixei a luz apagada.

– Essa é a parte ruim da morte – filosofou Estrela dos Mares. – Não se pode mais ler.

Houve um murmúrio de concordância. Todos ali eram grandes leitores.

— A morte de Severino Severo será uma boa notícia para os que escrevem asneiras nesta cidade – comentou Ana Cristina. – Agora, todos eles poderão escrever sem medo de serem espinafrados.

— Permita-me discordar, senhora – disse o secretário Bestunto. – A morte do professor permitirá o surgimento de grandes escritores. A partir de agora, nossos conterrâneos poderão criar livremente suas obras-primas.

APARECE O REPRESENTANTE DA JUSTIÇA

— Para a Justiça, Justiça com maiúscula, o que importa é a verdade! – trovejou uma voz possante. – O que interessa saber, de fato, é se o professor morreu naturalmente ou se foi assassinado.

Todos nós, num mesmo movimento, nos voltamos e vimos, parado junto ao corrimão da escada, um homem de estatura média – mas muito forte: pescoço de touro e ombros possantes – que vestia um impecável terno branco de linho. Na cabeça, exibia um chapéu Panamá. Sua cara quadrada era atravessada ao meio por um bigode fininho, vermelho e retorcido nas pontas, que lembrava a cauda de um filhotinho de gato.

— Meu nome é Trúcido, Túlio Trúcido. Sou delegado de polícia. A profissão fez de mim um homem desconfiado. Antes mesmo de ver o morto, já adianto minha opinião: creio que foi assassinado.

– Assassinado? – Laurentino arregalou os olhos por trás das lentes grossas. – Mas, bah, de onde o senhor tirou essa ideia, delegado? O Manuel pensou em assassinato porque é autor de livros policiais, mas o senhor tem que ser ponderado. O caso é simples: o professor foi esmagado pela estante. Aconteceu aqui uma tragédia causada pelo acaso.

Com passos largos e lentos, o policial caminhou na nossa direção, obrigando-nos a abrir uma clareira no meio do círculo em que estávamos reunidos. Com seus gélidos olhos negros, encarou um por um de nós. Depois, sem exibir nenhuma reação, permaneceu por um bom tempo observando o corpo do professor e o mar de livros que o cercava. Por fim, falou:

– Conheço o morto. Tive que prendê-lo uma vez, quando, andando de skate, se meteu numa confusão. Não era um sujeito fácil. Ele me aporrinhou muito enquanto esteve no xadrez.

– O senhor lia os artigos que ele escrevia no *Correio Popular*? – indagou Bernardo Bestunto. – Um horror! O danado do velho massacrava todos os escritores na cidade. Quando não havia obra nova pra espinafrar, ele procurava livros editados em décadas passadas. Pra ele, todos que moramos nesta cidade somos boçais.

– Conceito não de todo injusto – comentou Estrela dos Mares.

– O rabugento atacava até mesmo os escritores inéditos – acrescentou Maria da Anunciação. – Quando ouvia falar que um jovem andava pensando em publicar um livro de poemas, ele tratava de conseguir uma cópia do trabalho. No sábado seguinte, na coluna do jornal, ele mandava chumbo no sujeito.

– Era um crítico malvado demais da conta – acrescentou a professora Ana Cristina. – Eu disse a ele: o senhor tá matando ainda na casca os novos autores. Sabem o que ele me respondeu? "Professora, a função do crítico é silenciar maus poetas e escritores antes que comecem a imprimir suas bobagens."

UM FALSO ACESSO DE TOSSE

– Os senhores têm razão – concordou Túlio Trúcido com sua melhor voz de radialista. – Mas os inimigos dele não eram apenas os escritores. Alguns de seus ex-alunos são hoje pessoas poderosas. Durante décadas ele distribuiu notas baixas a torto e a direito. E orgulhava-se de ser o professor de Português que mais reprovou na história da cidade. Era campeão de reprovação em termos absolutos e em termos relativos. Acumulou muito ódio contra si.

– O velho gostava mesmo era de massacrar alunos inteligentes – resmungou Tédio.

– Repita em voz alta o que disse, garotão – exigiu o delegado.

Antes que Tédio pudesse responder, Manuel Fieira se manifestou:

– Delegado, o professor Viperino Veneno, quero dizer Severino Severo, que era uma verdadeira víbora, pode ter mordido a língua quando a estante caiu sobre ele. Se isso ocorreu, ele morreu envenenado na hora.

O policial fez um movimento circular com boca e nariz, como se sentisse cócegas no seu bigodinho vermelho, e rugiu:

– Não banque o engraçadinho! Esqueceu-se de que eu sou autoridade? Odeio trocadilhos e também não gostei dessa sua piadinha sobre morder a língua.

– É uma fraqueza minha – admitiu o autor de livros de suspense. – Não resisto a um chiste, a uma pilhéria.

O delegado levou a mão ao bolso interno do paletó, pegou seu emblema da polícia e o estendeu diante de Manuel Fieira, acusador:

– Enquanto vinha pra cá, troquei telefonemas com alguém que esteve aqui ontem. Esse alguém me informou que o senhor foi o último a descer da sobreloja para o térreo, às dez horas. Se isso é verdade, o senhor foi o último a ver o professor com vida.

Aquela frase fez com que nos voltássemos para Manuel Fieira, que empalidecia rapidamente.

O policial guardou o distintivo e, com as mãos trançadas às costas, passou a caminhar, pensativo, entre duas altas estantes. Depois de um bom tempo, deteve-se diante do romancista e o interrogou:

– O que o senhor fez antes de descer? Por acaso, empurrou

a estante pra cima do professor?

Para ganhar tempo, Manuel Fieira encenou um falso acesso de tosse. Enquanto tossia, tentava encontrar uma boa resposta para dar ao delegado. Por fim, fingindo-se recuperado, ele ergueu o corpanzil e disse desafiante:

– Delegado, não joguei a estante sobre o professor por um motivo muito simples. Eu não o vi por aqui. Aliás, se quisesse matá-lo por esmagamento, eu derrubaria por cima dele uma geladeira de açougue. Todos sabem que eu não gostava dele e que essa minha malquerença era correspondida. Mas eu não matei o professor. Por falar nisso, tenho uma tese sobre a morte dele.

– E qual seria essa tese? – indagou o delegado.

A QUEM PERTENCE A MÃO ASSASSINA?

Manuel Fieira demorou a responder, porque, como autor de livros policiais, gostava de criar suspense:

– O velho morreu de felicidade... Nos livros policiais, nós costumamos apresentar cinco ou seis suposições complicadas pra, no final, mostrar que a morte da vítima decorreu de um motivo banal. Foi o que ocorreu aqui...

– Vamos aos fatos! – exigiu o delegado.

– Ontem, às dez da noite, quando todos se retiraram, o professor permaneceu aqui, sozinho, escondido, pra ver se encontrava o livro autografado por Graciliano Ramos. Queria ter a noite inteira a seu dispor. De madrugada, já cansado, ele achou o livro no alto dessa estante que, agora, está caída. Ficou tão empolgado que deu um murro no ar pra comemorar o achado, mais ou menos como o fazem os jogadores de futebol. Ora, com aquele gesto brusco, a estante veio abaixo e o esmagou. Em suma, ele morreu comemorativamente, alegremente. Morreu de felicidade.

Túlio Trúcido estava sacudindo a cabeça – porque aquela tese não o impressionara – quando, de repente, algo no assoalho lhe chamou a atenção. Ágil apesar de robusto, o policial se agachou rapidamente e sentou sobre os calcanhares, como um jeca-tatu. A seguir, meteu a mão no bolso interno do paletó e de lá pescou uma lupa. Com a lente diante dos olhos, aproximou o rosto da base da estante que caíra sobre o professor.

Tédio e eu, perto do delegado, notamos que ele focava a lupa nos parafusos que haviam prendido a estante ao chão de madeira. Alguns deles estavam soltos, torcidos, frouxos.

– Creio que encontrei uma tese mais interessante do que a sua, que é autor de livros policiais – exibiu-se o delegado. – Alguém afrouxou os parafusos dessa estante pra poder, depois, empurrá-la sobre o professor.

Essa declaração foi recebida por um longo silêncio respeitoso: todos ali estavam impressionados com a sacada do policial.

– Não, não creio que os parafusos tenham se desenroscado sozinhos – continuou Túlio Trúcido, irônico. – Pra saírem de um lugar, eles precisam do socorro de uma chave de fenda. E essas chaves geralmente se movem impulsionadas por mãos humanas. Confirma-se assim o que imaginei desde o começo: o professor foi assassinado.

Depois de esboçar um breve sorriso, como que dizendo "vejam o quanto sou esperto", o delegado concluiu seu pensamento:

– A culpa, obviamente, não cabe à chave de fenda, mas à mão que a movimentou. A mão assassina pertence a quem de vocês?

UMA PESSOA LOUCA DE DESALMADA

Aquela pergunta permaneceu por muito tempo ecoando nos meus ouvidos.

Que azar, pensei. Vim aqui apenas pra fazer uma reportagem mixuruca, mas acabei me metendo num assassinato terrível!

O policial voltou a caminhar entre as estantes, recitando:

– Um assassino, um assassino, um assassino. Ou uma assassina, uma assassina, uma assassina.

Nervosa, assustada, não me contive e sussurrei para Tédio:

– Que esbanjamento de dígrafos!

O delegado estacou, cravou seu olhar gélido em mim e me perguntou:

– Garota, você é dos que pensam que o assassino do professor se encontra entre nós?

De pernas bambas, achando que ia cair sentada ali mesmo, gemi:

– Não sei.

Desinteressado de mim, o policial voltou a andar:

– Existem duas hipóteses para o assassinato por derrubada de estante. Primeira: uma pessoa muito forte, homem ou mulher, conduziu o professor a este canto e jogou a estante sobre ele...

– E qual seria a segunda hipótese? – indagou Manuel Fieira.

O delegado encheu o peito de ar e levantou o nariz:

– Uma pessoa pequena e fraca, discretamente, durante a festa, desapertou os parafusos. Depois, à noite, mediante um estratagema qualquer, levou o professor a escalar as prateleiras. Resultado, a estante despencou sobre o velho, esmagando-o.

– Barbaridade, tchê! – exclamou Laurentino. – Uma pessoa tem que ser tri desalmada pra bolar um plano desses!

O delegado movimentou freneticamente o rabo ruivo do gatinho, quero dizer, seu bigodinho, antes de anunciar solenemente:

— Há um assassino entre nós, mas não se trata de um assassino comum. Creio que se pode dizer que se trata de uma pessoa especialmente cruel.

Aquelas palavras estabeleceram imediatamente um clima de medo e de desconfiança mútua. Discretamente, pelo canto dos olhos, todos ali se entreolharam.

AJUDA PESADA PARA DESVENDAR O CRIME

Eu estava terrivelmente assustada por ter consciência de que as pessoas que me cercavam eram inteligentíssimas. Ou seja, que todas elas eram capazes de bolar tenebrosos planos de assassinato.

Com um largo e lento gesto teatral, Túlio Trúcido sacou do bolso da calça um telefone celular, apertou algumas teclas e ficou aguardando em silêncio.

Escutamos todos quando uma voz aflautada, que parecia pertencer a um menino de dez anos, gritou do outro lado da linha:

— Delegacia de Crimes Contra a Cultura! Qual é o *pobrema*, cidadão?

Mastigando raivosamente as palavras, o delegado grunhiu:

— *Pobrema* não existe, mas eu quero que você venha à livraria Esquina das Palavras, perto do Colégio Brasil.

— Quem é você que pensa que pode me dar *ordis*?

– Eu sou seu chefe, Túlio Trúcido.

Depois de um silêncio prolongado, a voz fininha retornou:

– Ah, nesse caso, tudo bem. Mas o que houve mesmo aí, chefia?

– Um crime bárbaro, um assassinato covarde. Tenho muitos suspeitos. Na verdade, estou cercado por gente perigosa. Quem está de plantão hoje?

– Meu *brother* e eu.

– Pois venham os dois, logo! Vou precisar de ajuda pesada pra desvendar o crime.

VÍTIMA DO ACASO E DO DESCASO

Depois que o policial recolocou o celular no bolso, ouvimos um vozeirão feminino:

– Modestamente, eu tenho uma teoria ainda mais requintada do que a sua, delegado.

Estrela dos Mares, com o grosso charuto preso entre os dentes, baforou um encorpado jato de fumaça e sentenciou:

– O professor foi vítima do acaso e do descaso.

– Como assim?

– Começo pelo descaso. A estante foi mal e porcamente montada, porque, como sabem todos, Laurentino é um grande pão-duro. Ele economizou comprando parafusos inadequados, menores ou mais fracos...

– Mas, bah, de jeito nenhum! – reagiu o livreiro, indignado. – Pode ver aí, delegado, que esses parafusos são mais grossos do que dedos destroncados!

— Ou então ele pagou mal aos montadores da estante – continuou a escritora de novelas para jovens. – Aí, os caras fizeram um serviço porco.

— Quem armou essa estante? – perguntou o delegado ao livreiro.

— Fui eu mesmo – respondeu Laurentino. – E enterrei os parafusos até o pescoço.

Túlio Trúcido voltou-se para a escritora:

— Quanto à segunda parte da sua tese, dona Estrela, eu lhe adianto que não acredito em acaso.

— Baseado em que o senhor pensa assim? – indagou a mulherona. – Baseado apenas na sua inteligência?

Embora ela tenha pronunciado aquela frase num tom sério, duas ou três pessoas não resistiram e deixaram escapar uns risinhos canalhas.

O negríssimo olhar do delegado tornou-se ainda mais gelado, enquanto uma onda de calor – resultante de brabeza – avermelhava-lhe as bochechas:

– Alguém aí teria alguma informação realmente importante pra nossa investigação?

Uma imagem que eu havia visto no dia anterior, mas que só naquele momento percebi ser importante, me veio à memória. No reflexo, sem pensar, levantei o dedo.

– Fale, garota.

Meio gaguejando, eu disse:

– Ontem, à noite, lembro de ter visto dona Estrela dos Mares ajoelhada perto da estante que desabou.

UMA BOMBA ATÔMICA NA LIVRARIA

Depois de me encarar por um bom tempo, sem dizer nenhuma palavra, o delegado voltou a caminhar, cabisbaixo, testa franzida. O único som que se ouvia era o dos saltos dos sapatos dele batendo no chão de madeira. Por fim, deteve-se perto de mim:

– Você quis insinuar, menina, que dona Estrela dos Mares poderia estar ali pra afrouxar os parafusos?

– Não insinuei nada – murmurei. – Apenas contei o que vi.

Naquele momento eu já estava arrependida de ter metido meu bedelho naquele interrogatório.

— Desde quando o poste faz xixi no cachorro? — perguntou Laurentino. E, dirigindo-se ao delegado, acrescentou: — Desde quando uma guria bobinha pode lançar suspeita sobre uma escritora famosa?

Sem responder a ele, Túlio Trúcido voltou-se para Estrela dos Mares:

— Explique-se, minha senhora.

— A menina tem razão — disse a escritora, passando a mão pela minha cabeça. — Ela me viu mesmo ajoelhada.

— O que fazia a senhora ali? Afrouxava parafusos?

— Não. Eu tateava em busca de uma das minhas lentes de contato, que caiu enquanto eu retocava a maquiagem...

— Me dê o telefone do seu oftalmologista — exigiu o delegado. — Vou verificar com ele se a senhora é míope!

— Nã-não sou m-míope — gaguejou a escritora. — Acontece que uso lentes verdes. Meus olhos são castanhos como os da maioria.

Uma exclamação de espanto correu pela sobreloja. Aquela era uma informação devastadora: os mais belos olhos verdes da cidade eram falsos.

— Essa guria é má — meteu-se Laurentino. — Ela obrigou dona Estrela, que é uma mulher vaidosa, a admitir em público que usa lentes coloridas.

O delegado dirigiu-se à escritora:

— Como era a sua relação com o professor Severino?

— Melhorou nos últimos tempos, delegado. Na semana passada, dei de presente a ele um skate...

Um riso geral e irrestrito explodiu na sobreloja. Em seguida, ganhou força e transformou-se em gargalhada. Não era o lugar mais apropriado para rir daquele jeito, porque tínhamos diante de nós um morto, mas ninguém resistiu à piadinha de Estrela.

— Entendi — disse o delegado, lutando para não entregar-se também ao riso. — A senhora queria matá-lo de raiva.

– Exato – admitiu Estrela dos Mares. – Mas eu jamais empurraria uma estante cheia de livros sobre o velhote. Podia ser que ele não morresse. O que eu teria feito ontem à noite se soubesse que ele estava escondido aqui, sozinho, seria colocar uma bomba atômica na porta da livraria.

– A senhora é uma mulher muito esperta – disse o policial, malicioso. – Ao falar abertamente que odiava o professor, a senhora pensa assim: o idiota do delegado vai achar que um assassino de verdade não confessaria sua inimizade com o morto. Mas, ao contrário, pra mim, a senhora é uma das principais suspeitas...

O MAIS COMPLETO ESTOQUE DE ALGEMAS

As palavras do policial foram cortadas pelo que me pareceu um tropel de cavalos.

Voltei o rosto e vi surgirem na boca da escada dois sujeitos mal encarados, armados até os dentes. Num primeiro momento, achei que fossem assaltantes, mas quando eles se detiveram, com as armas cruzadas sobre o peito, compreendi que eram os agentes que o delegado havia convocado pelo telefone.

Túlio Trúcido caminhou até onde estavam os dois homens e se colocou no meio deles. Só então notei que os recém-chegados deviam ser gêmeos.

– Prestem atenção – disse o delegado. – O agente à minha direita é Ramilson Fruteira. O agente à minha esquerda é Miralson

Fruteira. São gêmeos univitelinos, seres humanos quase idênticos. A rigor, vocês só poderão identificá-los pelo armamento.

Os agentes, parrudos como campeões de fisiculturismo, vestiam-se com roupas idênticas: calça jeans e camiseta preta de mangas curtas. Via-se pouco da cara deles, ocupadas por imensos óculos de lentes escuras. Ambos tinham a cabeça raspada.

– Esqueçam esses nomes complicados – continuou o delegado. – Prefiro tratá-los pelos apelidos. À minha direita está o Pitibul e à minha esquerda está o Rotiváiler. Eles não mordem, mas...

Um tique nervoso sacudiu o rosto quadrado de Túlio Trúcido:

– Eu os convoco quando quero apressar uma investigação. Eles sempre convencem os suspeitos de que é mais saudável abrir o bico do que permanecer em silêncio.

– Ai, que medinho! – debochou Tédio no meu ouvido.

– Calado, grandalhão! – berrou o delegado.

– Se ele abrir a boca de novo, a gente faz ele comer bala, chefe – disse Pitibul.

– Bala de fuzil, sabor chumbo – completou Rotiváiler.

As vozes dos dois agentes eram idênticas: oscilavam como notas de uma flauta soprada por um garotinho desafinado. Dava uma vontade louca de rir vendo aqueles homenzarrões falando daquele jeito, mas ninguém ali teve coragem de esboçar nem mesmo um meio sorriso.

– Observem bem o armamento dos meus agentes – continuou o delegado. – Pitibul empunha uma metralhadora e exibe no cinturão duas granadas e dois revólveres. Já Rotiváiler ostenta nas mãos um fuzil com mira telescópica e traz no cinto um cassetete, dois revólveres e três facões.

Depois de um breve silêncio, o delegado acrescentou:

– Mas as armas mais poderosas de que eles dispõem são outras. Tapa e tabefe. Na semana passada, uns bichos fugiram do zoológico. Rotiváiler acalmou o rinoceronte com um tapa no pé do ouvido. Pitibul botou o hipopótamo pra dormir com um mísero tabefe na bochecha.

Rotiváiler pigarreou, apontou para a parte traseira do seu próprio cinturão e disse ao delegado:

– Chefe, o senhor se esqueceu de falar das algemas.

– Temos o mais completo estoque da cidade – acrescentou Pitibul.

O delegado bateu com a mão na testa e fez cara de surpresa:

– Algemas! Nem me lembrava delas. Vamos utilizá-las, já. Comecemos pelo mais alto!

A MALDADE MÁXIMA DE UM ESCRITOR

Num segundo, os policiais gêmeos colocaram os braços de Manuel Fieira para trás e meteram-lhe um par de algemas prateadas nos pulsos.

– Eu sou inocente – gritou o romancista. – Isso é uma arbitrariedade!

– Arbitrariedade? – repetiu Pitibul. – Quantas sílabas tem essa palavra, chefe?

– Sete, eu acho – respondeu Túlio Trúcido, depois de contar nos dedos.

– Um homem que usa palavras de sete sílabas não merece a liberdade – ponderou Rotiváiler.

– Prendam agora essa senhora possante – o delegado apontou Estrela dos Mares aos agentes.

Também a escritora de livros juvenis teve os braços puxados para as costas e os pulsos imediatamente embelezados com algemas douradas.

— Me diga uma coisa, delegado! — exigiu Estrela dos Mares ao mesmo tempo em que tentava acertar um pontapé em Rotiváiler. — Se precisar coçar a ponta do nariz, o que eu faço? Esfrego a cara na parede?

Antes que o policial respondesse, Laurentino levantou o dedo e indagou com voz muito suave:

— Me desculpe, delegado, mas o senhor não acha que tá agindo com rigor excessivo? O senhor mandou algemar dois escritores. Até onde sei, escritores não fazem mal nem mesmo a moscas. A maldade máxima que um escritor pode cometer é cravar uma caneta no ouvido de um crítico literário...

HOMENAGEM À INTELIGÊNCIA

Túlio Trúcido cortou o embalo do livreiro:

— Não se meta no meu trabalho! Em vez de dar palpite, telefone ao IML e peça que mandem um camburão pra levar o presunto. Quero dizer, o corpo do professor.

A fim de cumprir a ordem, o dono da livraria correu em direção à escada, que desceu pulando de três em três degraus.

Manuel Fieira, com o rosto voltado para a escada, gritou:

— Laurentino, peça aos defunteiros que venham logo! A postura do falecido não é das mais cômodas.

Estrela dos Mares resolveu também tirar sua lasca:

— Solicite um colete ortopédico, Laurentino! O professor pode ter tido uma lesão no pescoço.

— Vocês não têm vergonha de fazer piadinhas infames? — irritou-se Túlio Trúcido. — O pobre homem tá morto!

– Ele não é mais um pobre homem – disse Maria da Anunciação. – No lado de lá da vida, onde ele já se encontra, não há diferenças socioeconômicas. Mas, em compensação, nenhum deles respira.

Alguns até pensaram em rir da gracinha, mas acovardaram-se diante da cara feia que o policial armou antes de bufar:

– O professor agora é um defunto, e todo defunto merece respeito.

– O senhor não entendeu o espírito da coisa, delegado – disse Ana Cristina. – Nem mesmo diante da morte uma pessoa inteligente perde a oportunidade de pronunciar uma frase irônica. O senhor precisa entender que, com nossas piadas, estamos homenageando o professor Severino Severo. Nosso inimigo comum, sim, mas um homem zombeteiro.

– Que a partir de agora não precisará corrigir mais nenhuma redação – acrescentou Maria da Anunciação.

– Nem fará mais pegadinhas cruéis com seus alunos – completou o poeta Arno Aldo Arnaldo.

O PROBLEMA É O QUE ESTÁ DENTRO

– Que história é essa de pegadinha? – quis saber o delegado.

O professor Aldrovando encheu o peito de ar e contou:

– Uma vez, quando eu cursava a quinta série, o professor nos disse: "escrevam uma redação sobre a massa". Escrevemos, claro, um texto falando do quanto é gostoso comer macarrão. Ele nos deu zero a todos. Quando reclamamos, ele disse que havia pedido uma redação sobre a maça, com cê cedilha...

– Não me venha com essa – reclamou o policial. – Não existe tal palavra.

— Existe, sim — explicou o poeta. — Maça era uma arma muito usada na idade média. Também chamada de clava, ela servia pra rachar o crânio dos adversários. Naquele dia, depois de distribuir os zeros, o professor Severino disse: "Seria ótimo se pudéssemos usar maças nas escolas. Poderíamos abrir com elas a cabeça de certos alunos a fim de enfiar dentro delas as regras do Português".

— Regras que são excessivamente numerosas — lamentou Manuel Fieira. — Eu, por exemplo, só decorei uma: antes de pê e bê, vai eme.

— O problema dos adolescentes não é a parte de fora da cabeça, que é muito dura — disse Estrela dos Mares. — O problema é o que há lá dentro, o miolo, que é muito mole.

— Chega, chega! — o delegado bateu com força o pé no chão. — Mal eu dou uma folguinha, vocês abusam...

— Pois eu preciso abusar um pouco mais da sua paciência, doutor — disse dona Maria da Anunciação. — Será que o senhor não poderia mandar os seus agentes retirarem esses livros de cima do professor? O coitado vai chegar todo doído no outro mundo.

— Respeito! — rosnou o delegado. — Estamos diante de um falecido que, ao longo de toda sua vida, amou muito a literatura...

QUEM NÃO O ODIAVA NÃO GOSTAVA DELE

— Sim, ele amava a literatura — vibrou uma voz forte vinda da escada. — Mas odiava os escritores, os editores, os livreiros, as bibliotecárias e os leitores. Odiava o mundo. Xingava até o meteoro que acabou com os dinossauros. Disse que ele deveria ter acabado era com a espécie humana.

Sobressaltados, nos voltamos e vimos junto à escada o professor Nuno Bodega, que avançava decidido na nossa direção. Baixinho, magrinho, dono de uma cintilante careca ladeada por uns raros fios negros, Nuno Bodega era professor de História no Colégio Brasil. Era admirado pela sua capacidade de ensinar. Falava do Império como se tivesse vivido na época de Dom Pedro II e relatava as vitórias militares da antiga Roma como se tivesse sido um centurião.

Lembrei-me de tê-lo visto no dia anterior, durante a inauguração da livraria, sorrindo esperançoso quando Manuel Fieira ameaçava arrancar os dentes do professor de Português.

Com passos largos demais para o corpo minúsculo, o professor de História caminhou até perto da estante sob a qual se encontrava Severino Severo.

Quando ele se deteve, o delegado indagou:

– Como era sua relação com o falecido?

– Péssima. Exatamente a mesma relação que ele mantinha com as demais pessoas da cidade. Quem não o odiava não gostava dele.

– Por que motivo o senhor o odiava?

– Há um ano, lancei uma importante obra intitulada *História do Sul da América Latina*. Ao analisar meu livro, num artigo de jornal, o professor escreveu que eu era não apenas o pior historiador da cidade, mas, sim, o pior historiador do Mercosul.

– Vejo que o senhor tinha um bom motivo pra assassinar o professor...

Diante das palavras de Túlio Trúcido, o historiador entregou-se a um riso nervoso, mas recuperou-se rapidamente e respondeu:

– Matar Severino Severo, pra mim, seria pouco. Eu gostaria de ter o dom de ressuscitá-lo. Só pra, depois, ter o prazer de jogar mais uma vez essa estante em cima dele...

– Mais uma vez? – o delegado empolgou-se. – Quer dizer que foi o senhor quem a empurrou?

DISFARÇADO PARA MATAR

Depois de um demorado silêncio, Nuno Bodega confessou:

– Não! Não joguei a prateleira sobre ele ontem, porque fui mais cedo pra casa. Todos viram quando eu saí furioso, após uma discussão com o professor Severino.

— Que discussão foi essa?

— Discutimos no subsolo. Foi um bate-boca discreto, ouvido por poucas pessoas. Eu o xinguei porque, quando fui aluno dele, aos dez anos, ele me ridicularizou por uma frase que escrevi numa redação.

— Que frase era essa?

— Eu escrevi: "Não vejo *impecilhos* que possam me afastar do meu mais alto objetivo, que é ser um bom professor de História". Reconheço que cometi um erro, um dos erros mais comuns da língua portuguesa, ao escrever *impecilho* em vez do correto, empecilho.

— Raciocine comigo — pediu o delegado a Nuno Bodega. — É bem possível que o senhor tenha forjado a discussão com o professor Severino só pra que todos vissem que o senhor deixava a livraria mais cedo. Isso se chama preparar um álibi. Mais tarde o senhor voltou aqui...

— Não sou tão esperto assim — retrucou Bodega.

— O senhor voltou a fim de matar o professor — continuou o delegado. — Mas voltou disfarçado, fantasiado...

— Disfarçado, eu? – o professor abriu os braços para melhor exibir o corpo pequenino. — Só se eu viesse disfarçado de eu mesmo.

— Não brinque! — irritou-se Túlio Trúcido. — Estamos investigando um assassinato...

DESCONFIE DOS QUE PARECEM INOCENTES

— Permita-me discordar, delegado — Nuno Bodega ergueu a voz. — Creio que não houve aqui um assassinato. Aliás, tenho uma teoria que explica essa morte misteriosa...

— Que teoria é essa?
— A da morte por enfarte.
— Como assim?
— Poucos sabiam, mas o velho era cardíaco. Como ele imaginou que o livro autografado deveria estar no alto da estante mais afastada de todas, meteu seus pés chulezentos nas prateleiras e, agarrando-se à madeira com suas garras de águia centenária, escalou essa estante aí. Esforçou-se demais. Morreu agarrado à última prateleira, como um papagaio no poleiro. Seu peso desequilibrou a estante, que veio abaixo. Chegou ao chão já morto.

— Essa é uma tese ridícula! – exaltou-se o delegado. – O senhor a defende apenas pra escapar da minha lista de suspeitos. Mas eu sou um homem arguto, sagaz. O senhor tem o físico que se espera de um assassino cruel. Na polícia, um dos nossos principais mandamentos é: desconfie dos que parecem inocentes.

Túlio Trúcido ergueu seus olhos negros para os agentes, que entenderam no ato a ordem silenciosa.

Rotiváiler derrubou o professor Bodega e puxou-lhe os braços para trás, enquanto Pitibul demorava-se para escolher as algemas mais apropriadas a um homem de punhos tão finos.

O VENENO ERA MUITO CARO

Entramos em total silêncio e imobilidade. Se Túlio Trúcido e seus orangotangos tinham coragem de algemar um homem franzino como aquele...

De repente, escutamos umas pancadas secas na escada. Assustada, achei que quem chegava era o pirata da perna de pau dos meus pesadelos infantis.

Logo vimos surgir uma grande cabeça coroada por imensa juba de cabelos encaracolados, branquíssimos.

A cabeçorra pertencia a Renato Pitombo, o mais famoso escritor de nossa cidade. Tinha exatos 102 anos e movia-se com dificuldade, apoiado numa bengala. Escrevera dezenas de romances históricos, entre os quais se destacavam A *infância de Pedro Álvares Cabral* e A *adolescência de Tiradentes*.

Encurvado, com o queixo cravado no peito e os olhos espertos se movendo por baixo das sobrancelhas espessas, ele caminhou até ser surpreendido pela visão do corpo de Severino Severo.

– O que faz o velho patife debaixo dessa montanha de livros? É algum tipo de exibição artística?

– Isso é o cenário de um crime – explicou o delegado. – O professor Severino morreu. Ou foi morto. A segunda hipótese é a mais provável.

– Sinto muito – disse o recém-chegado.

No rosto de Renato Pitombo, decorado por milhares de rugas fundas, não notei nenhum sentimento. Nem de pesar nem de alegria.

– O senhor não tem motivos pra ficar sentido – acusou o delegado. – Pelo contrário, o senhor é a pessoa que mais se beneficia com a morte dele.

– Eu?

– Sim. Com a morte dele, o senhor passa a ser candidato único à eleição pra Academia Municipal de Letras. A eleição será amanhã.

– Sabe que eu, sinceramente, não me lembrava dessa eleição?

O delegado levantou a voz:

– Não seja cínico aos 102 anos! Tudo indica que o professor Severino Severo venceria a eleição. Mas, estando ele morto, o cargo cai no seu colo. Isso transforma o senhor num dos principais suspeitos. Isto é, se não for o principal.

UM FATO RARO NA HISTÓRIA POLICIAL

O escritor centenário ficou visivelmente assustado com a acusação de Túlio Trúcido: seus lábios se movimentaram sem emitir som e o tremor da mão que segurava a bengala tornou-se mais intenso.

Triunfante, o delegado perguntou:

— O senhor matou ou não matou Severino Severo?

Com voz tremida, Pitombo respondeu:

— Não, eu não o matei. Só tive uma boa oportunidade de matá-lo, mas desisti...

Espantado, Túlio Trúcido levantou a voz:

— Como assim?

— Uma vez, quando ele me visitou, pensei em envenená-lo. Mas o veneno era muito caro. E eu imaginei que um sujeito ruim como Severino precisaria ingerir uma quantidade cavalar pra morrer.

— O senhor admite que chegou a pensar em matá-lo?

— Sim, delegado. Nós, escritores, somos seres muito imaginativos. Adoradores da palavra escrita, nós lemos livros em excesso e ficamos com a cabeça cheia de caraminholas. Bolamos planos extraordinários, mas nunca os colocamos em prática. Há uma grande diferença entre o que pensamos e o que realizamos. É a mesma diferença que há entre linguagem escrita e linguagem falada...

— Pra nós, policiais, só existe uma diferença — resmungou o delegado, brusco. — A diferença que separa um homem com algemas de um homem que tem os punhos livres.

No momento seguinte, o centenário escritor que disputaria com Severino Severo a presidência da Academia Municipal de Letras viu-se com as mãos presas às costas por duas argolas de ferro, sendo que uma dessas mãos, a direita, continuava a empunhar uma bengala. Aquele foi, sem dúvida, um fato raro na história policial. Creio que nunca, em nenhum país do mundo, houve caso de alguém tão idoso, mesmo usando bengala, ter sido algemado sem contemplação.

NINGUÉM RESPEITA OS HOMENS PÚBLICOS

Diante daquele evidente abuso de autoridade, alguém deveria se revoltar, mas ninguém ali deu um só pio de protesto. Permanecemos calados, mergulhados num silêncio assustado, até que se ouviu soar a campainha do celular do delegado.

Túlio Trúcido leu o número que o chamava e pareceu sobressaltar-se. Afastou-se de nós e, encurvado sobre o aparelho, murmurou meia dúzia de palavras que não entendemos.

Depois, com passos firmes voltou para onde estivera antes, e mais uma vez seus olhos escuros passaram em revista as pessoas ali reunidas, com ou sem algemas nos pulsos.

Por fim, os olhos do delegado fixaram-se na cara duplamente bigoduda de Bernardo Bestunto. Para fingir que a coisa não era com ele, o secretário de Cultura começou a assoviar um samba.

– Senhor Bestunto, recebi agora um chamado da central de polícia. Nesse telefonema, o delegado-chefe me informou que, há poucos meses, o professor Severino Severo registrou uma queixa contra o senhor.

– Queixa? – soprou o secretário, visivelmente apavorado.

– Tentativa de homicídio! – empolgou-se o delegado. – O professor declarou à polícia que o senhor tentou matá-lo.

– Isso é perseguição política! – reagiu Bestunto. – Ninguém respeita os homens públicos neste país. Eu, por exemplo, seria incapaz de matar uma formiga...

– A queixa não foi investigada justamente porque o senhor era um homem público – admitiu o delegado. – O senhor já ocupava a Secretaria de Cultura. Mas, agora, com a morte do professor, o processo vai andar depressa. E é melhor o senhor falar por livre e espontânea vontade...

Rotiváiler, acintosamente, levou a mão ao cinto. Compreendendo logo o que o esperava se não colaborasse, Bernardo Bestunto disse:

– Severino Severo era um grande mentiroso! O que ocorreu foi justamente o contrário: ele tentou me estrangular.

– Essa não! – exclamou o delegado. – Embora não confie no senhor, sou obrigado a ouvir sua versão do caso.

NÃO PASSOU VENDEDOR DE ÁGUA MINERAL

– No verão passado, tive a péssima ideia de levar o falecido pra passar uns dias na minha casa de veraneio. Um dia, quando estávamos na praia, eu o convidei pra caminhar. Ele preferiu ficar deitado na areia, descansando. Quando passava por uma banca de jornal, peguei a caixa dos óculos de grau pra ler as manchetes. Notei, então, que havia apanhado, por engano, os óculos do professor Severino. Resolvi voltar imediatamente. Na metade do caminho, porém, decidi me refrescar. Entrei na água. Ao emergir do primeiro mergulho, fui atropelado por uma prancha de surfe. Acabei no hospital, onde recebi dez pontos na testa. Só voltei ao local onde deixara o professor três horas depois. O velho estava furioso. Jogou-se no meu pescoço, gritando que eu havia tentado matá-lo...

– Matá-lo? – espantou-se o delegado. – Como assim?

– O professor gritava que eu havia tentado matá-lo de dois modos: ou por não poder ler ou por sede.

– Explique-se melhor!

– Enquanto me estrangulava, o professor berrava: você não sabe que eu fico doido quando passo uma hora sem ler? Você quer me matar por privação de leitura, assassino?

— E o negócio da sede?

— Ora, sem os óculos de grau, o velho não conseguiu encontrar um vendedor de água. Naquelas três horas passaram por ali vendedores de salgadinhos, cerveja, óculos de sol, artesanato em prata, biquínis, CDs, empadinhas, sanduíche natural, queijo assado, picolé, chá mate, biscoito, salada de frutas, cangas, jornais e até bronzeador. Só não passou por ali um vendedor de água mineral. Por isso, quando cheguei, o velho estava enlouquecido. Ele voou e cravou suas unhas no meu pescoço.

— Um homem que abandona um velho míope sem óculos numa praia brasileira é potencialmente um assassino — disse o delegado, e piscou para Rotiváiler.

O agente foi tão rápido que Bernardo Bestunto demorou a perceber que tinha sido algemado.

A CULPA É DA ESTANTE

Quando o secretário de Cultura estava abrindo a boca para reclamar, Laurentino Floresta retornou à sobreloja, gritando:

— Finalmente, falei com o Instituto Médico Legal. Daqui a pouco chega o rabecão.

De cabeça baixa, esbaforido, o livreiro avançou na nossa direção:

— Aí na porta da livraria já tem mais gente do que mosca em cocô fresco. Preciso abrir logo a loja, delegado.

— Calma. O interrogatório ainda não terminou.

Ao levantar os olhos, percebendo o brilho das muitas algemas, o livreiro abriu um sorriso que se estendeu de uma orelha a outra:

— Ah, os assassinos já foram presos. Então, vamos descendo que eu preciso receber meus clientes.

– Nem todos os culpados foram presos – disse o delegado.

No segundo seguinte, dando mostra de grande habilidade, Pitibul prendeu os pulsos de Laurentino, que reclamou:

– Que barbaridade é essa? O que eu tenho a ver com o crime?

– O professor começou a morrer quando você inventou a história do livro autografado. Direta ou indiretamente, foi por sua causa que ele se escondeu aqui na sobreloja. Se não foi assassinado, teve o azar de escalar a estante mal atarraxada por você.

– Então, a culpa não é minha – retrucou o livreiro. – É da estante! O professor vivia dizendo que foi um móvel, a quina de um móvel, que causou a morte mais famosa da literatura...

– Que morte é essa? – indagou o policial.

– A de Ivan Ilitch, ora! O senhor não leu o livro *A morte de Ivan Ilitch*, escrito por Tolstói?

ALGEMAS PARA UM CENTAURO

Para demonstrar que sua paciência já estava no fim, Túlio Trúcido respirou fundo e engrossou:

– Pare de embromação! Existe mesmo esse tal livro autografado por Graciliano Ramos?

– Claro! – o livreiro fez um gesto vago. – Anda aí pelas prateleiras.

– Então, ache-o!

– Vai ser difícil. Esqueci em que prateleira eu o coloquei. Posso levar vários dias procurando.

– Então, a polícia procurará o livro – disse o delegado. – Mas, enquanto isso, você aguardará no cárcere.

— E se o livro não aparecer nunca? — indagou Laurentino, assustado.

— Você inaugurará a prisão perpétua no Brasil.

Pitibul se voltou para o delegado e indagou:

— Chefe, como esse cara nasceu no pampa, posso botar também algemas nas patas de baixo? Dizem que os homens de lá, de tanto andar a cavalo, se transformam às vezes em centauros.

— Faça o que achar melhor — respondeu Túlio Trúcido.

— Mas isso é uma selvageria! — explodiu o livreiro, enquanto o agente colocava-lhe um par de algemas nas canelas. — Afinal, sou ou não sou um ser humano decente?

Ninguém se animou a responder. Todos ali eram clientes de Laurentino Floresta e, uns mais, outros menos, já haviam sido roubados por ele. No fundo, creio que a maioria achava justo aquele negócio de meter-lhe algemas nos membros superiores e inferiores. Mas alguém tinha uma posição mais radical:

— Delegado, o senhor não teria também uma algema bem grande pra colocar no pescoço dele?

TRAUMA DE REDAÇÃO

Surpresos, nos voltamos para a pessoa que falara aquilo: parado junto à escada estava um homem de uns quarenta anos, de cabelos cortados no estilo escovinha, vestido de branco dos sapatos ao paletó.

— Quem é você? — perguntou delegado.

— João Versário.

— O que você faz na vida?

— Sou leitor e médico. Mais leitor do que médico.

— Leitores somos todos nós! — estrilou Estrela dos Mares.

– Exato, mas eu sou um leitor voraz – continuou o recém-chegado. – Leio um livro atrás do outro. Só paro de ler, por uns segundos, pra pingar colírio nos olhos. Se não estou dormindo ou trabalhando, estou lendo. Devoro tudo que me cai diante dos olhos, até bula de remédio. No banheiro, leio a composição química dos xampus e dos sabonetes. Leio nas refeições, entre uma garfada e outra. Leio até mesmo dirigindo, quando paro nos semáforos...

– Muito bem – cortou Túlio Trúcido. – Pelo que pude entender, o senhor é o primeiro aqui que não odeia o professor. O senhor odeia o livreiro. É isso?

– Exato. Há anos sou cliente dele. Ontem, ouvindo uma conversa entre esses dois jovens (o leitor apontou-nos, a mim e a Tédio), descobri que esse livreiro sempre se engana ao fazer as contas. Portanto, creio que ele me roubou uma fortuna.

– Bem, se não me engano, o senhor disse que é também médico...

– Exato. Trabalho no Instituto Médico Legal.

– Ah, então o senhor veio pra examinar o morto?

– Exato. Quando soube que o professor era a vítima, decidi vir pessoalmente até aqui. Fui aluno dele...

– Ora, se foi aluno dele, o senhor também deve ter sofrido nas mãos do velho.

– Exato. Uma vez eu escrevi uma bela redação sobre uma greve. O texto começava assim: "os pobres trabalhadores, explorados por um patrão brutal, reagiram *depedrando* a frota de ônibus". Ele me descontou cinco pontos pelo *depedrando*. Foi a única vez na vida que não tirei nota dez numa disciplina. Aquilo me traumatizou amargamente. Eu tinha apenas sete anos. Pareceu-me lógico que quando as pessoas atacam um ônibus a pedradas elas o estão *depedrando*. A partir daquele dia, traumatizado, eu me refugiei na leitura pra esquecer a nota baixa.

O delegado sacudiu o bigode ruivo de um lado a outro e indagou:

– E lá, no IML, você também lê muito?

— Exato. Entre um trabalho e outro, leio.
— Rotiváiler, algeme o cidadão! – ordenou o delegado.
— Mas por quê, delegado? – quis saber o legista.
— Porque o senhor não presta atenção aos seus clientes.
— Mas eles nunca reclamam!
— Nem podem – reagiu Túlio Trúcido.

CONFISSÃO E CORRIDA AO BANHEIRO

— Solte o legista, delegado!

Mais uma vez, como uma plateia de jogo de tênis, voltamos todos as cabeças ao mesmo tempo na mesma direção. O autor daquela frase, dita em voz firme e serena, era ninguém menos que o meu colega de escola.

— Por que devo soltá-lo? – indagou Túlio Trúcido, fechando um dos olhos como que para fazer mira sobre Tédio.

— Porque fui eu que matei o professor de Português.

Uma forte comoção atingiu os que estavam na sobreloja: primeiro escutou-se um sonoro murmúrio de espanto, depois todos se puseram a falar ao mesmo tempo.

Surpreendido por aquela confissão, o delegado abriu tanto a boca que eu imaginei que um gatinho vermelho saltaria do fundo de sua garganta.

Os dois agentes abaixaram as armas que haviam mantido o tempo todo diante do peito.

A primeira pessoa a reagir foi Maria da Anunciação, que implorou ao delegado:

— Me deixe sair daqui! Já! Preciso ir ao banheiro!

O policial aproximou-se da diretora da Biblioteca Pública, que estava pálida e trêmula, e perguntou:

– O que você quer fazer no banheiro?

– Retocar a maquiagem – sussurrou a mulherinha.

– Rotiváiler, algeme a bibliotecária! Mas com as mãos na frente, pra que ela possa passar o batom.

Algemada, dona Maria da Anunciação correu para o banheiro da sobreloja. Assim que ela sumiu por trás da porta, que se fechou numa explosão, o delegado virou-se lentamente para Tédio. E, com seus duros olhos negros, o examinou dos pés à cabeça. Certamente não gostou da camiseta de malha vermelha, da bermuda esfiapada na altura dos joelhos e das sandálias desbeiçadas de couro, porque ficou o tempo todo sacudindo a cabeça. Por fim, com sua melhor voz de locutor de rádio, perguntou:

– Você é mais um que quer rir da minha cara?

– Não! – disse Tédio. – Não neste momento.

– Quer dizer então que foi você que matou o professor?

– Creio que sim.

Pela primeira vez, meu companheiro de escola parecia não estar brincando. Aliás, dava toda a pinta de estar muitíssimo preocupado.

– Conte tudo direitinho – ordenou o delegado.

PRESO PRINCIPALMENTE PELO PALAVRÃO

Em voz baixa, pausada, Tédio contou:

– Quando foi anunciado que um livro autografado por Graciliano Ramos havia sido escondido numa prateleira qualquer, resolvi armar um trote pra cima do professor. Eu sabia que ele adorava Graciliano. Peguei um exemplar qualquer de *Vidas secas*, fui até essa estante que agora está caída e coloquei o livro bem no alto. Depois procurei o professor e perguntei se ele gostaria de achar o tal livro autografado. Ele me olhou atravessado, mas disse que sim, disse que desejava muito encontrar o livro. Pedi o número do celular dele e falei assim: se esconda na sobreloja que mais tarde eu lhe telefonarei dizendo onde o livro se encontra. Sempre desconfiado, ele me perguntou: por que você não me diz agora onde está o livro? Eu respondi: ainda não sei, mas hoje à noite vou roubar do Laurentino o mapa com a indicação de onde está o livro.

– O velho acreditou em você?

– Sim, mas só depois que eu dei minha lanterninha de bolso pra ele...

– Lanterna? Pra quê?

– Tenho uma lanterna bem pequena que uso pra iluminar os livros que leio à noite, por baixo dos lençóis. Com ela, eu posso ler à vontade, sem que meus pais me mandem dormir...

– Voltemos ao caso. O que aconteceu a seguir?

– O professor embolsou a lanterna e ficou escondido na sobreloja. À meia-noite, liguei pra ele e mandei que escalasse a última estante da sobreloja, que o livro estaria lá em cima. Desliguei e fiquei rindo, imaginando a cara que o velho faria quando descobrisse que o livro não tinha o autógrafo. Não, eu não queria matar o professor. Era pra ser só uma brincadeira. Eu queria apenas que ele passasse a noite preso na livraria. Jamais imaginei que essa porcaria de estante cairia sobre ele.

Sobreveio silêncio prolongado, que Manuel Fieira cortou com um comentário:

– Que história tremenda! Com ela eu poderia escrever uma novela de trezentas páginas.

– Alfabetize-se antes – sugeriu Estrela dos Mares.

– Parem quietos, todos vocês, seus estrupícios! – urrou o delegado.

Quando voltamos todos à imobilidade e ao silêncio, Túlio Trúcido insistiu com Tédio:

– Você jura que não queria matar o professor?

– Eu só queria dar um cagaço no velho...

– Falar palavrão diante de uma autoridade é desacato! – berrou o delegado, furioso. – Agora, serei obrigado a prendê-lo. Saiba que você está sendo preso nem tanto por ser um assassino, mas principalmente por ser um boca-suja.

Com um quase imperceptível aceno de cabeça, o delegado passou uma ordem a Rotiváiler, que saltou sobre Tédio e o algemou.

HABILIDADE MANUAL E AGILIDADE MENTAL

– O senhor comete uma ilegalidade, delegado – argumentou meu colega. – Tenho 15 anos, sou menor de idade. Mande um desses gorilas retirar as algemas dos meus pulsos.

Rotiváiler e Pitibul arreganharam os dentes e começaram a rosnar furiosamente. Pitibul chegou mesmo a levar a mão ao anel de uma granada. Parecia disposto a exterminar todos que estavam ali.

– Vou levá-lo preso à Delegacia do Menor – informou Túlio Trúcido.

– O senhor não terá provas contra mim.

– Acharei sua ligação telefônica ao professor.

– Liguei de uma cabine telefônica.

– Encontrarei suas impressões digitais na cabine!

— Coloquei fita adesiva na ponta dos dedos.

Estupefato, o policial deu um passo atrás, como se tivesse recebido um soco no peito.

— Minha mãe é advogada – continuou Tédio. – É conhecida por colocar policiais violentos na cadeia.

— Delegado, quem sabe a gente *desagelma* o garoto? – perguntou Rotiváiler, inquieto. – Se ele é *dimenor*, a gente não *podemos* prender ele.

— Antes, verifique os documentos do moleque!

Rotiváiler retirou a carteira de um dos bolsos da bermuda do meu colega. Apanhou a identidade dele e, por um bom tempo, examinou o que estava ali escrito.

— E então? – perguntou Túlio Trúcido. – Ele é menor de idade?

– Ainda tô calculando – disse o agente.

O delegado arrancou o documento das mãos do agente.

– Se sua agilidade mental fosse tão grande quanto sua habilidade manual, você seria um gênio, Rotiváiler.

UM FURO DE REPORTAGEM

– Por que o senhor não nos libera, delegado? – indagou Manuel Fieira. – O moleque confessou o crime.

– Com o garoto preso, o senhor acalma o delegado-chefe e o prefeito – acrescentou Estrela dos Mares.

– Parabéns, delegado! – saudou o poeta Arno Aldo Arnaldo. – O policial que desvenda um crime é como o poeta que encontra a rima perfeita para a palavra mais esdrúxula.

– Por que o senhor não nos solta logo? – insistiu Ana Cristina.

– Porque algo não me cheira bem – respondeu o delegado.

– Não estaria na hora de embalsamar o Severino? – perguntou Manuel Fieira.

O delegado desferiu um olhar gelado na direção do escritor, mas não teve tempo de xingá-lo, porque Bernardo Bestunto voltou a bater na mesma tecla:

– O senhor deveria soltar-nos, o rapaz já admitiu a culpa.

– Não – rosnou Túlio Trúcido. – Vocês só serão libertados após a perícia que faremos aqui. Pode ser que surjam novas pistas, novos indícios. Agora vou conduzi-los à delegacia, onde prestarão depoimento. Algemados e não algemados, entrem todos em fila indiana!

Antes que alguém ali pudesse dizer uma palavra, escutamos fortes pisadas na escada. Mais uma vez nos voltamos para aquele lado e vimos surgir a cara risonha de Marco Bravo, já enfiado dentro de um belo terno azul e com o cabelo besuntado de gel. De microfone na mão, seguido por um rapaz que empunhava uma câmera de filmagem, ele caminhou na nossa direção, falando:

– Estamos aqui, ao vivo, na sobreloja da livraria Esquina das Palavras, pra dar um furo de reportagem. O maior intelectual da nossa cidade, o professor Severino Severo, acabou de falecer. Ainda não se sabe se ele *suicidou* ou morreu...

No segundo seguinte, ouvi o grito mais poderoso que meus ouvidos tiveram de suportar até hoje:

– IGNORANTE!

PERSEGUIÇÃO FILMADA

Voltamo-nos todos a tempo de ver o professor Severino Severo, num movimento muito rápido, deslizar por baixo da estante e pôr-se de pé. Barbicha tremendo, bochechas vermelhas, olhos incendiados, ele apontava seu indicador na direção de Marco Bravo:

– Beócio! Você não sabe que esse verbo é pronominal? Conjuga-se como apiedar-se, comover-se ou queixar-se! Inculto! Nunca confunda um verbo pronominal com um verbo reflexivo, seu parvo!

Ainda sem perceber o altíssimo grau de fúria do professor, o jornalista abriu seu maior sorriso e tentou se explicar:

– Achei que reflexivo mesmo era só o verbo espelhar-se.

Ocorreu então uma cena incrível. Pisoteando os livros derrubados, tropeçando nas prateleiras da estante tombada, Severino Severo avançou para o repórter televisivo. Levava na mão direita um grosso volume de capa preta e suas intenções pareciam ser as piores possíveis:

— Vou fazer-te comer esta *Gramática da Língua Portuguesa*, apedeuta! São setecentas páginas encadernadas em couro.

Imaginando que poderiam ser entrevistados depois, Pitibul e Rotiváiler saíram em defesa do jornalista. Tentaram segurar o velho, mas ele estava tão enfurecido que os jogou, embolados, pela janela da sobreloja. Rotiváiler nada sofreu, porque caiu por cima de seu irmão, mas Pitibul apresentou diversas fraturas.

Livre dos agentes, o professor desceu as escadas zunindo atrás de Marco Bravo. A perseguição durou cinco quilômetros, até que o velhote foi contido pelos seguranças da emissora de televisão onde trabalhava o jornalista.

Algo tem de ser dito a favor de Marco Bravo: mesmo amedrontado e esbaforido, em momento nenhum ele soltou o microfone. Narrou com grande dramaticidade, e incontáveis erros de concordância, sua própria perseguição pelas ruas da cidade. Tudo isso, claro, foi registrado pelo cinegrafista que corria entre os dois: o furibundo professor e o repórter que não desarmou seu sorriso em nenhum momento.

O LIVRO DE CAPA VERDE

Enquanto Severino Severo, com a velocidade de um corredor de cem metros rasos, zunia atrás de Marco Bravo, Túlio Trúcido encerrava bruscamente a investigação:

— Libere o povo! — ordenou o delegado.

Rotiváiler, que havia retornado à sobreloja depois de ter colocado seu irmão na ambulância, começou a libertação por Manuel Fieira.

Massageando os pulsos doídos, o escritor de novelas policiais perguntou cordialmente ao agente:

— Meu amigo, você já leu um livro?
— Já.
— Qual era o título?
— Não lembro — disse Rotiváiler. — Só sei que a capa dele era verde.

Livre das algemas que lhe prendiam punhos e canelas, Laurentino bateu palmas e gritou:

— Desçam todos ao subsolo! O café será servido daqui a pouco.
— A sobreloja continua interditada — disse o delegado, ainda tentando mostrar autoridade. — É preciso manter a cena do crime pra esperar a chegada da polícia técnica.
— Deixe de onda, doutor Túlio — disse o livreiro. — Venha tomar café conosco. Afinal, não tivemos nem morto nem morte.

De tão irritado com o final surpreendente, e ridículo, daquela investigação, Túlio Trúcido recusou-se a tomar café com as pessoas que algemara pouco antes. Saiu batendo as solas dos sapatos e embarcou numa viatura que, pilotada por Rotiváiler, parecia desejosa de atropelar até mesmo os que estavam sobre as calçadas.

AS ROSAS NÃO ARRANHAM A GRAMÁTICA

Dias depois, numa entrevista ao *Correio Popular*, Severino Severo falou longamente sobre sua "morte". Declarou que a estante veio abaixo quando ele comemorou, com um soco no ar, a descoberta do exemplar autografado de *Vidas secas*. Ouviu um ruído semelhante ao de uma árvore sendo abatida no meio da floresta e sentiu a vertigem da queda. Após bater violentamente com a cabeça no assoalho, permaneceu desmaiado por muito tempo.

Ao despertar, não quis saber de levantar. Tratou de ler logo aquele exemplar raro. Usando a lanterninha que lhe fora dada por Tédio, devorou, pela centésima vez, a história de que tanto gostava. Por fim, caiu no sono.

Acordou com o ruído de nossos passos na escada. Abriu um olho e viu quando entramos na sobreloja, como bananas ao redor de um cacho. (Manuel Fieira, o mais alto, era o cacho.) Decidiu fingir-se de morto. Queria escutar o que diríamos a seu respeito.

Imóvel, mal respirando, o professor aguentou todo o longo interrogatório comandado por Túlio Trúcido. Em muitos momentos sentiu vontade de levantar para xingar alguém, em outros teve dificuldade para sufocar a vontade de rir, mas controlou-se. Queria ver como aquela farsa ia acabar. Suportou quase tudo. Só não resistiu à agressão gramatical protagonizada por Marco Bravo.

Um mês depois de sua fabulosa "morte", no dia em que completou oitenta anos, Severino Severo aposentou-se e passou a dedicar-se inteiramente ao seu jardim, que reúne a mais bela coleção de rosas de nossa cidade.

– As rosas têm espinhos, mas não arranham a gramática – costuma dizer o professor.

EXPLICAÇÕES FINAIS

Este livro foi escrito com base nas conversas que registrei com o meu gravadorzinho, há cerca de dez anos, durante a conturbada inauguração da livraria Esquina das Palavras. A edição do jornal da escola com a reprodução integral dos diálogos lá travados fez um sucesso bárbaro.

Aquela experiência determinou uma mudança radical na minha vida. Desisti de ser arquiteta, já que não sabia desenhar nem mesmo uma casinha com chaminé, e resolvi estudar Jornalismo. Sou agora repórter de uma revista semanal.

Reservei este capítulo final para dar algumas informações adicionais sobre essa história e seus personagens.

Antes de mais nada, preciso registrar aqui a ocorrência de uma fantástica coincidência. Quando depositou no alto da estante aquele exemplar não autografado de *Vidas secas*, Tédio jamais poderia imaginar que o estava colocando exatamente ao lado do livro tão ansiosamente procurado por todos.

Só não se pode dizer que aquela foi uma coincidência totalmente feliz para o professor porque ele levou um baita tombo que quase o matou.

O garoto alto e corpulento, dono do skate pilotado pelo professor Severino Severo, chamava-se Teodoro Inácio de Oliveira.

Por que intitulei "Primeiro encontro" o terceiro capítulo deste livro? Porque, depois da reportagem na livraria, Tédio e eu nos encontramos algumas vezes. Não chegamos a namorar porque nossos temperamentos eram parecidos demais, fortes e explosivos. Mas ficamos bons amigos. Hoje ele trabalha num famoso blogue humorístico.

Manuel Fieira continuou a escrever novelas policiais. Como ficou provado pelo depoimento do professor, a tese levantada por Fieira – a da derrubada da estante em razão de uma comemoração futebolística – foi certeira. Ano passado, ele publicou um texto muito divertido, intitulado *A misteriosa morte de Miguela de Alcazar*, em homenagem aos grandes autores de livros de suspense.

Depois daquele episódio, Estrela dos Mares abandonou as lentes verdes. Passou a usar lentes violetas, que reproduzem exatamente a cor dos olhos de Elizabeth Taylor, e com isso atraiu a sorte: seus livros começaram a registrar vendagens estrondosas. Recentemente eu a entrevistei. É uma mulher divertida, expansiva, que fala de modo cativante. Ela tanto me incentivou a escrever sobre a inauguração da livraria que aqui estou eu batucando as últimas páginas deste livro.

Pouco depois da inauguração da livraria, Laurentino Floresta apaixonou-se por uma bela moça que o fez abandonar tanto os óculos de falsas lentes grossas quanto a mania de se enganar nos preços. O livreiro tornou-se uma pessoa generosa: perdoou Tédio, que lhe devia um computador em função da aposta feita na inauguração da livraria. Agora, aqui posso confessar que julguei, durante o tempo que durou a investigação de Túlio Trúcido, que o livreiro havia matado o professor de Português para se livrar da dívida pelos livros usados.

A reportagem que Marco Bravo fez, trotando pelas ruas de nossa cidade, perseguido pelo enfurecido professor Severino Severo, ganhou inúmeros prêmios. Meses depois, ele foi contratado por uma das maiores redes de televisão do país, onde, agora, faz reportagens sobre "cultura".

É preciso reconhecer que Marco Bravo foi o único a escapar de Túlio Trúcido e de seus agentes. Só ele teve esperteza e coragem suficientes para descer da sobreloja, telefonar ao seu cinegrafista, vestir um terno e voltar para relatar aquela "morte".

Como uma lembrança chama outra, me lembrei agora da nossa professora de Teatro, Ana Cristina. No final daquele ano, durante a feira cultural da escola, apresentamos a peça baseada em A morte e a morte de Quincas Berro D'Água. Foi uma experiência tão empolgante que um dos nossos colegas, o Juliano, que representou Quincas, decidiu cursar a faculdade de Artes Cênicas. Ana Cristina ainda continua usando vestidos coloridos e sandálias baixas e segue incentivando seus alunos a criarem peças de teatro baseadas em grandes livros da nossa literatura.

Por falar em livro, o exemplar de Vidas secas que deu origem a toda a confusão está guardado num móvel especialmente construído para ele, uma espécie de mesinha envidraçada, que Severino Severo colocou no centro de sua biblioteca.

O professor Aldrovando, aliás, o poeta Arno Aldo Arnaldo, criou um novo movimento poético chamado Poesia Azuleatória, que consiste em montar poemas com palavras que são retiradas ao acaso do interior de um saco plástico azul.

Finalmente, no ano passado, aos 112 anos, Renato Pitombo conseguiu ser eleito presidente da Academia Municipal de Letras, depois que o professor Severino Severo não quis se candidatar à décima reeleição.

Dias atrás, encontrei-me na rua com dona Maria da Anunciação, que continua a dirigir a biblioteca municipal. Ela então me contou por que passou mal durante a investigação:

– Quase morri de medo quando aquele garoto grandalhão confessou o crime. Ele vivia na biblioteca. Era o nosso associado que mais pegava livros policiais. Achei que ele tinha mesmo matado o professor Severino.

Encerro falando do miúdo professor Bodega, que segue dando aulas empolgantes sobre Roma Antiga e sobre o Brasil Imperial, mas agora numa das mais famosas universidades do país.

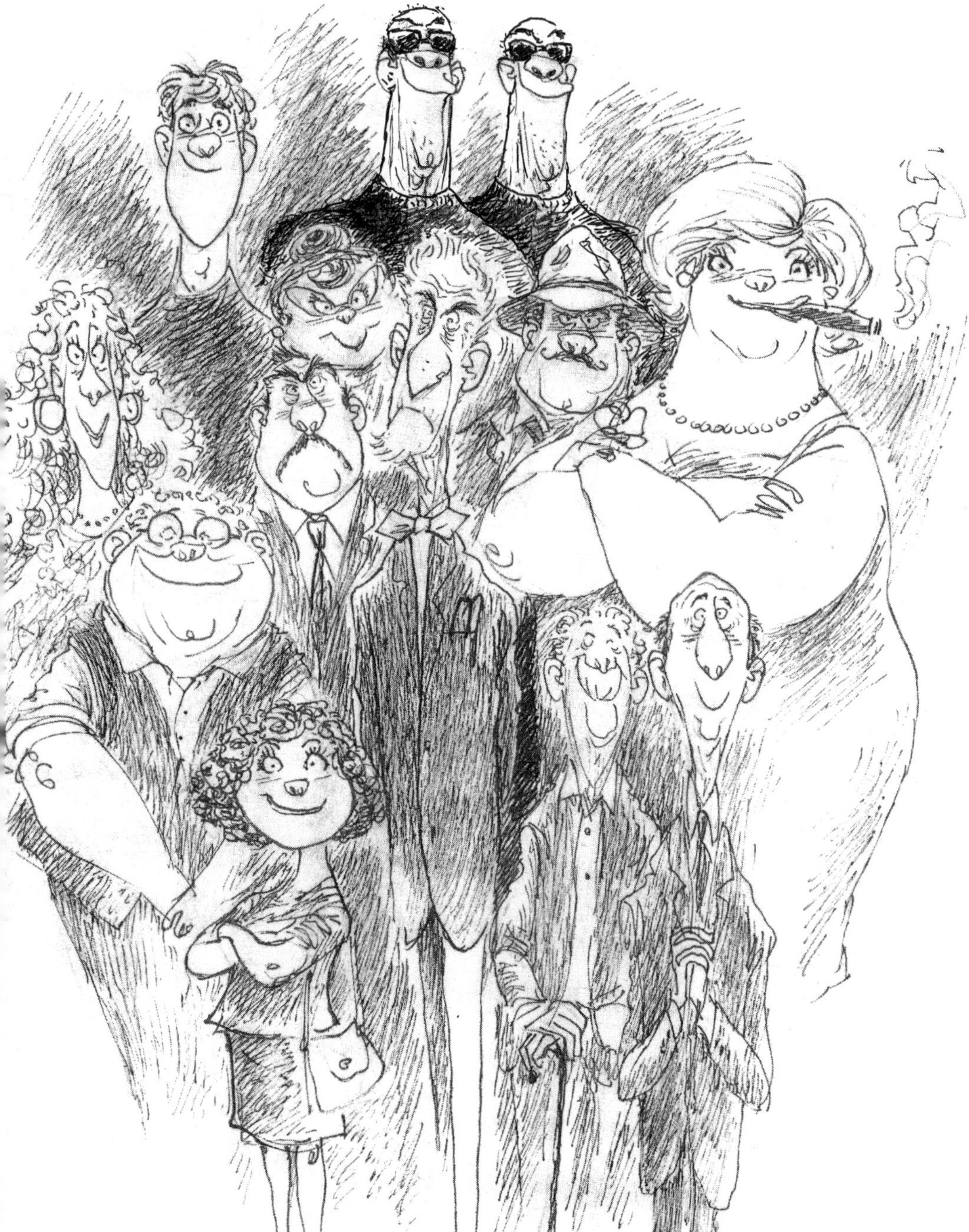

O AUTOR

Nada é mais difícil para um escritor do que tentar escrever uma autobiografia, mesmo que resumida.

A inclinação natural para a mentira e para o exagero dos contadores de histórias é algo que só se aprofunda, com o passar do tempo.

Eu, por exemplo, me sinto inclinado a dizer que nasci na Rússia, no século XIX, e que fui amigo de três sujeitos: o conde Leão Tolstói, o doutor Antônio Tchecov e aquele cara esquisito que tinha um sobrenome ainda mais estranho: Gogol.

Mas dizem que nasci em Pelotas, em 1953. Não garanto. Nada lembro do meu parto. Mas me recordo de ter passado a infância em Bagé. Guardo a lembrança de uma ladeira, de um arroio de águas geladas e de um vento que assobiava nos meus ouvidos. Aos dez anos, voltei para Pelotas. Fui morar com meus avós paternos. O velho Leovegildo, policial militar reformado, vivia contando causos dos tempos em que fora cabo columbófilo (encarregado de treinar os pombos-correios que naquela época eram usados na comunicação entre os quartéis da Brigada Militar). Dele herdei a inclinação à lorota.

Cursei o ginásio na Escola Técnica Federal de Pelotas. Em 1968, formei-me radiotécnico com a nota mínima, porque, no final do curso, quase não consegui montar uma galena (rádio primitivo construído com meia dúzia de peças). Em 1975, formei-me em jornalismo, arranjei um emprego numa empresa de comunicação e passei a ganhar um salário para fazer algo que, com prazer, eu faria de graça: ler e escrever.

Desde 1985 escrevo livros para jovens. Na verdade, escrevo livros que talvez fossem apreciados por aquele garoto que fui aos doze, treze anos, o garoto que devorou impiedosamente todos os livros da seção infantil da Biblioteca Pública de Pelotas. Tento escrever histórias movimentadas, às vezes divertidas, às vezes tristes, que segurem a atenção volátil dos jovens leitores. Ou seja, tento desesperadamente fugir da chatice.

Bem, pra encerrar, como não sou de ferro, faço meu comercial. *Nadando contra a morte* (Formato Editorial), uma das minhas novelas para jovens, recebeu o Prêmio Jabuti, em 1998. Em 2002, recebi o Prêmio Açorianos, da Prefeitura de Porto Alegre, pelo melhor livro de contos – *Ilhados* (Saraiva) – publicado no Rio Grande do Sul em 2001. A revista *Veja* considerou o meu *Clube dos leitores de histórias tristes* o melhor livro lançado em 2005 para jovens leitores de dez a doze anos. Tanto *Nadando contra a morte* quanto

A *cidade dos ratos – Uma ópera roque* (também publicado pela Formato) foram considerados Altamente Recomendáveis para Jovens, pela Fundação Nacional do Livro Infantil e Juvenil. Minha novela *Isso não é um filme americano*, que recebeu menção honrosa no Concurso Nacional de Literatura João-de-Barro da Biblioteca Municipal de Belo Horizonte, em 2002, foi lançado no mesmo ano pela Editora Ática.

O ILUSTRADOR

Nasci há quase 60 anos, tempo demais para se abreviar uma biografia.

Sou natural de São Paulo, capital, e comecei a desenhar antes mesmo de começar a falar. Desde então nunca mais parei com as duas coisas.

Descobri aos sete anos que podia ganhar a vida com o que mais gostava de fazer num trabalho sob encomenda que a diretora do jardim de infância, que frequentei até os seis anos, me fez: ilustrar a história "O patinho feio", que ela contaria na aula.

No ginásio, eu costumava entreter meus colegas de classe fazendo caricaturas dos professores na lousa, quando algum deles faltava. No colegial, curso técnico de artes gráficas, uma história em quadrinhos que fiz serviu de material para várias matérias: fotomecânica, offset, acabamento...

Da faculdade de Artes Plásticas, pulei para Jornalismo, sem concluir nenhum.

Em 2006, ganhei o Prêmio Esso de Jornalismo, na categoria Criação Gráfica.

Com 40 anos de carreira como ilustrador *freelancer*, ainda gosto do que faço, mas não tenho "a vida ganha", como imaginava aos sete anos: hoje, trabalho dez vezes mais pra ganhar dez vezes menos do que dez anos atrás.

Mas hoje, também, tenho consciência de que cheguei até aqui por causa do que faço melhor: desenhar. E isso já é mais do que a maioria das pessoas pode dizer de si própria...

Este livro foi composto com tipografia Bembo STD e
impresso em papel Offset 90 g/m² na Formato Artes Gráficas.